アンソロジーたまご

目次

目玉やきの目玉

佐藤愛子

子供の頃からずーっと、七十五歳の今まで私は卵が好きである。目玉やき、薄やき、オムレツ、ホカホカご飯に生卵。何でも大好きだ。私が子供の頃の目玉やきは、なぜか黄身にまですっかり火が通っている焼き方で、今から考えるとたいしておいしくはないものだったと思うが、私はその固い黄身のお月さまを最後の「おたのしみ」に残して白身を先に食べたものだった。

私の兄はそれを見て、よく、

「おい、どうするんだよ。食うのか食わないのか、早くしろよ。こっちには腹づもりがあるんだから」

といったものである。「おたのしみ」に取っておいたのはいいが、そのうちお腹《なか》がいっぱいになって、お月さまは皿に残ったままになることがよくあった。兄はそれを狙《ねら》っていたのである。

目玉やきを作るのはむつかしいとこの頃、改めて思うようになった。なんだ、目玉やきみたいなもの、といわれそうだが、私には理想の目玉やきというものがあるのだ。お月さまの中ほどはあるかなきかの薄皮が張る半熟で、その周辺は固まるか固まらぬかの、微妙な熟《う》れ色でなければならない。

それを箸《はし》で割ったりすると中からトローリとおいしさが流れ出るから、割らずにそのままを口の中に入れたい。白身に塗りつけて食べるなんて、黄身に対して失礼だという気持である。まして皿に流れたのを「なめる」など、言語道断だ。

我が家の七つの孫も目玉やきが大好きだ。やはり白身から先に食べている。

「どうして黄身を食べないの」

わかっているがわざとそういう。すると孫はやっぱりこういった。

「だっておたのしみにとってあるんだもん」

この頃、卵の味は変わってしまった。香《かおり》がなくなった。しかし目玉の味は変わっても、子供の気持は何十年も変わらないのである。

卵の料理と私

森茉莉

私と卵とのつき合いの歴史を言うと、幼い頃、お粥《かゆ》の上に柔かめの煎《い》り卵をかけたのが大好きだったことに始まる。料理屋に行くと、茶碗《ちゃわん》蒸し、厚焼卵を必ず注文する。巴里《パリ》の「マダァム何某《なにがし》」といった料理屋だと、ウフ・ジュレ（コンソメの中に卵を入れたジェリイ）、オムレット・オ・フィーヌ・ゼルブ（香《にお》い草入りのオムレット）を取る。家でも、昼でも夜でもハムエッグス。腎臓病になったのは当り前である。

これは、父の思い出だが、父は、陸軍省の月給も、昔の原稿料も雀の涙だったので、伊予《いよ》紋《もん》、八百善《やおぜん》なぞという料理屋に母と三人で行くのは一年に一、二度だった。伊予紋や八百善で出す厚焼卵は、ほのかに味醂《みりん》の香いがして、ふっくらしていたのにちがいない。子供の舌にも、なんともいえない美味を伝えた。

私の父は津和野の貧乏な医者の子供だったので幼い頃は余り卵なぞは食べなかっただろう。父は半熟卵を象牙《ぞうげ》の箸《はし》の上の方の角い所でコツコツと軽く突いて、実に上手に蓋《ふた》を開けてくれた。又父は宴会で隣の私の茶碗蒸しの中の私の嫌いな三つ葉をきれいに取り出してくれた。そうして誰かが話をして下さいと言うと、「今、子供の嫌いな三つ葉を取りのけて遣《や》っているので」と微笑しながら断りを言った。それは決して、話をするのが厭《いや》で、そう言ったのではなかった。或時は、今子供の牛肉を切っているので、と言った。

大体卵の料理を拵《こし》らえるのが、楽しい。銀色の鍋の中で渦巻く湯の中を浮き沈み、廻ったりする卵を見ていると、私は楽しくなって来て、歌いたくなってくる。又、片手にフライパンを持ち、バタァが溶けるのを待って卵の溶いたのを流し込み、箸で上手《うま》くかきまぜて、オムレットを造って行くのも、楽しい。朝の食卓で、半熟卵がなんともいえない味で咽喉《のど》に流れこんだ後《あと》、皿の上に空になった卵の殻が朝日に透けて、卵の部屋のようなのも明るい、楽しい、気分である。

巴里《パリ》（巴里《パリー》と言わないで下さい。Paris であって Parie じゃないのです）のオムレット・

オ・フィーヌ・ゼルブは素晴しい。日本の芹《せり》とか三つ葉のような、ああいう日本の味ではない巴里の香い草の入っているオムレットである。又同じく巴里のウフ・ジュレもおいしい。コンソメの柔かいジェリイの中に半熟卵が入って、パセリのごく細《こまか》いのが入って透《すきとお》っている。私は夫がどこのレストランに行く？　というと、そのジェリイを出す店の名を言った。

大体、卵というものの形がいい。《平和》という感じがする。仏蘭西《フランス》の誰だか（詩人）が言った言葉が浮んでくる。《戦争のない、夏の夜の美しさよ》。私にとって、卵というものは私に平和な思いを持ってくる、どこからかの使いである。私は卵の形や色が好きな為に、家に買いおきがあっても、店にある卵たちを見ると買いたくなってくる。ザラザラした白。明るい褐色のチャボ卵。今はないが、極《ご》く薄い紅色がかった殻に、小さな白い星のような模様の出たのは、家に卵があっても買った。挽肉《ひきにく》入り、ハム入りのオムレットも美味《おい》しい。煎り卵の小丼が食卓にあると、春の菜の花のようで、料理屋のお椀の中の白鱚《ぎす》に添えた菜の花の細い枝も、美しい。

私が考え出した卵料理に、実《み》のない茶碗蒸しを拵えてそれを大匙《さじ》で軽くすくってお清汁《すまし》に浮かべ、三つ葉、ほうれん草なぞを添えるお椀がある。巴里の下宿、ホテル・ジャンヌ・ダルクの奥さん、マダァム・デュフォールは私がお腹《なか》が悪いと言って、肉も魚も、サラドもたべられないでいると、パイ皿でフワフワの卵焼きを拵らえて、ふきんで撮《つま》んで食卓に持って来て「ビヤン、ショー、マダァム（熱いですよ）」と言いながら、出してくれた。中庭、といっても空地だが、そこに夫人の飼っている鶏がいつもココ、ココ、と鳴いて、歩いていた。

私の父は生卵を熱い御飯にかけてたべるのが大好きで、毎年十月の初めに十日程、正倉院の御物《ぎょぶつ》（よく宝物《ほうもつ》と書いてあるが、宝物にはちがいないが、あれは御物というらしい）の虫干しのために、奈良へ行って人々が御物を干すのを傍にいて監督していたようだった。その時、どなたかのお家に泊めていただいていたのだが、生卵御飯がどうしてもたべたくて、町へ出て卵を買い、袂《たもと》に入れて来て、御飯にかけた。その泊めて下さった家の人は、家《うち》で出すお菜《かず》が気に入らないのだろうか、と思われたのではないだろうか。生卵御飯は、私も大好きで継承している。

子供がお腹をこわして、「おもゆ、半じゅく」とねだると、「腹の悪い時に重湯ならよかろう、半熟とパンならよかろう、というのがいけない。一日乾《ほ》せば（お腹を）下痢は直る」と言っていて、母に、私にそう言え、と言った。父は私を怒るのがいやで、怒る時には母に言わせて、自分は知らん顔でいつものように、にこにこしていた。

父は子供の時からこの、生卵御飯が好きだったそうだが、津和野の家では、鶏を飼っていたのだろう。津和野の森静雄（父の父）の家で、卵を毎日のように、御飯にかけるなぞという贅沢《ぜいたく》が出来た筈《はず》はないから。

究極の玉子焼き

高橋克彦

私には玉子魔人という別名がある。無類の玉子好きで、物心ついたときから五十歳になる今までに、一日に平均して四、五個ずつを食べ続け、およそ十万個ほどに達しているはずの計算になることから自ら名乗った別名であるのだが、つい最近、その名に相応《ふさわ》しい体験をさせて貰《もら》った。地元のテレビ局で玉子焼きを極めるという番組の企画が持ち出され、私がその進行役に選ばれたのである。好きな玉子を食べまくってください、とそのディレクター氏は意気揚々と私に依頼してきたのだけれど、ちょっと辛い状況が、実は私にあった。去年、心臓の調子が少し悪くなって、医者から玉子は一日に一個程度に抑えてくださいと釘を刺されていたのである。命惜しみということでもないのだが、酒ならともかく玉子程度を我慢できなくて早死にするのも格好悪い。以来、一年近くをその忠告通りに守って暮らしている。毒とは違うからここで七、八個一度に食べたとて大事ない、と思いつつ、やはり躊躇《ちゅうちょ》した。玉子の旨さを再認識して、また玉子中心の食生活に逆戻りする心配がある。即答できかねて悩んでいたら、量ではなく質で行きましょう、とディレクター氏が知恵を出してくれた。それで私の心配も吹き飛んだ。歴史番組などに出演するよりこういう企画の方がずっと燃える。どんなアイデアも受け入れてくれると言ったので、私は永年果たせなかった野望を口にした。二つある。

ウズラの玉子を用いて分厚い玉子焼きを作ってみたいことと、究極の玉子として世評に高いウコッケイの玉子焼きを食してみたいことである。まぁ、こんなことで永年の野望とは大《おお》袈裟《げさ》に違いないが、現実に私は五十年の玉子人生の中で一度も食べたことがない。ウズラの方は面倒臭さが邪魔をし、ウコッケイの方は金銭的な問題が阻《はば》んでいた。ウズラで分厚い玉子焼きを完成させるには五、六十個を割らなくてはならない。ウコッケイは普通の鶏卵より形が小さいと言っても七、八個で足りると思うが、なにしろ一個四、五百円もする超高級玉子だ。それだと最低でも三千円は原価がかかる。家庭で試みるにはやはり抵抗がある値段で

あろう。いつかは食べてみたいものだと思いつつ、果たせないで今日まで過ごしてきた。それを一挙に実現するのだ。撮影当日は胸がわくわくとした。こんな贅沢《ぜいたく》な玉子焼きを一日のうちに二種類も味わうなんて、もしかしたら私が世界で最初の人間となるのではなかろうか。少なくとも私の周辺にはだれ一人として居ないし、これがメニューに掲《あ》げられている店を今まで見た記憶もない。ダチョウとかウミガメの卵などを焼いて食べた経験もないけれど、それらはテレビなどでときどき目にするから、きっと珍しくはないはずだ。ウズラやウコッケイの玉子焼きは一種の盲点なのである。さすが玉子魔人の面目躍如《めんもくやくじょ》と、これは自画自賛。

玉子焼きが旨い馴染みの鮨屋《すしや》に材料を持ち込み、拵《こしら》えて貰う間の高揚と不安。どこの店のメニューにもこれがないのは、ひょっとしてまずいせいではないのか。となると責任はこちらに降り懸《か》かる。

おおっ、と厨房の方から声が上がる。凄いのができましたよ、と店主が勇んで報告に来る。どちらも普通の玉子では絶対に出ない美しい黄色に焼き上がったらしい。

やがてテーブルに運ばれた玉子焼きを眺めて絶句した。本当にどちらも鮮やかな黄色であった。黄身の量が多いせいだと店主は説明した。試しに普通の玉子焼きも一緒に持って来た。まるで違う。どこか白っぽい。

醤油《しょうゆ》もなにもつけず、箸《はし》で一口抓《つま》んでみた。ウズラの方が先だ。やたらと嬉《うれ》しくなった。こんなに濃い色なのに味は淡白で上品に仕上がっている。鶏卵とは明らかに異なる繊細さが舌に残る。店主もちょっと味わって唸《うな》りを発した。新鮮な地鶏の玉子より遥かに旨いと断言する。これは家庭でも試せるはずだからぜひ挑戦していただきたい。

次にウコッケイに取り掛かる。

頬ばった瞬間、至福の時が訪れた。

焼き上げたプリンの味だった。クリーミーでムラがない。玉子がみっしりとしている。私の感想を聞いてスタッフも争って食べた。だれもが目を円《まる》くした。十個使ったらしいので原価五千円の玉子焼き。しかし納得できる。私は生涯の思い出として、静かにそれを肴《さかな》に冷酒を味わった。幸せはしばらく消えなかった。

卵情熱

角田光代

子どものころから一貫して、好きで好きでたまらない食べもののというのは、だれしもあるのだろうか。私の場合は二つあって、それは卵とたらこ。私は肉好きとして知られているが、子どものころは、もう本当に狂おしく卵とたらこが好きだった。ごはんのおかずはそれだけでいいと思っていた。今はもちろんそんなふうには思わないけれど、それでもやっぱり、卵とたらこは大好き。とくに、冷蔵庫に卵を切らしたことがない。

幼少時、私は卵を卵屋さんに買いにいっていた。うちの近所に卵農家があり、そこに直接、買いにいっていたのだ。広い庭を突っ切って、鶏がたくさんいる小屋の前を過ぎ、縁側で声を掛けると、そのおうちの人があらわれて卵を売ってくれる。

この卵、産みたてで、卵の表面に鶏の毛がかならず付いていた。ビニール袋に入ったその卵を持って帰ると、だから、母はまずそれらを洗うのだった。

私がおつかいにいくのを嫌がるようになったのか、それとも卵農家がその仕事を辞めてしまったのか、まったく覚えていないのだが、私が中学に上がるころには、卵はスーパーマーケットで買うようになっていた。毛も付いていないし、洗う必要もない。

今、そのことを思い出すと、卵農家から直接買っていたなんて、うらやましくなる。おつかいにいっていたころは、なんとも思っていなかったんだけれど。

ともあれ卵は、幼少時から一貫して、好きで好きでたまらない。毎日食べたいし、毎食卵料理でもかまわない。けれどいつごろからか、卵を食べ過ぎてはよくない、と言われるようになった。一日に一個くらいが最適だという。理由は卵にはコレステロールが多いから。私がうんとちいさなころは、コレステロールも体脂肪も言葉として一般的ではなかったんだけどなあ。人は何かを得れば何かを失う。知恵を得れば卵の個数を失うのである。

海外を旅するたびに、卵がさほど一般的ではないことに軽いショックを受ける。いや、卵はどこにだってある。あるが、なんか違う。なんか違うのだ。

たとえば朝食。朝食付きの宿に泊まった場合、日本では、それが和でも洋でもはたまたバイキングでも、ぜったいのぜったいのぜったいに、卵料理は付く。オムレツ、スクランブルエッグ、目玉焼き、温泉卵、だし巻き卵、生卵、茹《ゆ》で卵。

もちろん海外だって卵は出るには出るが、でも、卵が出るところは限られている。高級ホテルならばバイキング会場にオムレツ職人が待機しているが、ごくふつうクラスの朝食付きホテルで卵に出合えたらハッピーである。

けれどオムレツ職人の焼いてくれるオムレツは別として、海外のホテルで出合う卵は、なんというか、軽視されている。と私は思っている。バイキングで出合うスクランブルエッグはぱさぱさかどろどろで、たいてい味が付いておらず、こちらがテーブルの塩、胡椒《こしょう》で味付けするようになっている。茹で卵はかならずかた茹でで、黄身が黒くなっているものも多い。この国の人たちにとって卵って、そんなに重要じゃないんだなあ、と思い、同時に、いや逆だ、日本人、卵好き過ぎなんだなあ、と思うのである。

だって黄身が黒くなったかた茹で卵なんて、今、滅多にお目にかかりませんよ。茹で卵は絶妙な半熟が人気だし、その上、味付け卵というすばらしい食べ方までだれかが編み出してくれた。この味付け卵は、黄身がとろーっとしてなきゃいけませんね。とろーっ、と。こんな卵に日本以外のどこで出合えるのか。

さらにオムレツのふわふわとろとろ具合への希求も、すさまじいことになっている。発祥の地であるフランスのオムレツは、パリでしか食べたことがないが、「ふわ」のほうはすばらしいが、「とろ」はない。「ふわ」のみ重視、という印象を受けた。ロシアでもものすごいふわっふわのオムレツが出てきたのだが、これは「ふわ」を追求するあまり、何かまぜ込んであって、オムレツというよりスフレであった。あんな、ふわっふわで、ナイフで割ったら中身がとろーっ、なんて、やっぱり日本文化的現象だと思う。

生卵への抵抗が少ないのも、我が国の特徴ではないか。もっともポピュラーなのは卵かけごはん。転じて、牛丼屋にも生卵が別売りされているし、私の通った大学の近くのカレー屋では、注文すればカレーに生卵を落としてくれた。それから、私の世代しかわかってもらえないことだと思うけれど、生卵にオロナミンCを注いで飲む、というコマーシャルもあった。

卵料理で私がもっとも馴染《なじ》み深いのは、母親がよく作った肉入りオムレツである。挽《ひ》き肉と玉葱《たまねぎ》を炒めた具が、オムレツのなかに入っているというもの。私はこれが大好きで、自分でもよく作る。タイを旅したときに、そっくりの料理があってびっくりした。カイヤッサイという卵料理である。これは甘酸っぱいタレに付けて食べる。はじめてこれに出合ったときは、もしかして私たち家族のルーツはタイではないかと思うほどびっくりした。

調べてみると、なんと卵の年間消費量は日本が世界第二位だそうだ。好きなんだなあ、やっぱり。

私の弁当生活は、もうじき一年になるが、弁当にはかならず卵を入れている。卵の入っていない弁当って、中身がわかっていても、蓋《ふた》を開けたとき改めてがっかりするのだ。いちばん多いのは卵焼き。これは、じゃこ葱を入れたり明太子を入れたりチーズを入れたりひじきを入れたりして、変化がつけられるから、飽きない。急いでいるときはスクランブルエッグか茹で卵。秋冬になると、前の晩から出汁・醤油《しょうゆ》・味醂《みりん》に茹で卵を浸《つ》けておいて、味付け卵。もちろん半熟。

そうして卵を食べながら、毎度思い出すことがある。アフリカのある国で働いている日本人の女性医師のドキュメンタリー番組なのだが、この医師がいつも、卵を持ち歩いていた。休暇のときも卵を持ち、休暇先からも卵を持って帰ってくる。「これが唯一《ゆいいつ》の栄養なので、手放せないんです」とその女性は言っていた。私たちはつまり、栄養の年間消費量が世界第二位なんだなあと、それを思い出すたび、大好きな卵をありがたく味わうのである。

生卵をゴクリゴクリと

伊藤比呂美

カリフォルニアの生活で、何がいちばん不自由かというと、卵のパックに例外なく「生で食べるな」と印刷してあることだ。

あたしは生卵好きである。菌が怖くてカリフォルニアに住めるかという無闇《むやみ》な覚悟で、卵を割り、醬油《しょうゆ》は多め、ご飯は少なめ、卵かけご飯というよりは、卵液にご飯が浮いてるという状態ですすり飲む。西欧文化ではやらない、すすり飲むという行為である。舌の奥から喉《のど》へ、そして脳へ、震えが走ってしゃきっとするのである。締切前など、これなしではいられない。

先日、某誌で平松洋子にインタビューされて以来、卵と自分について考えている。あのとき、聞き上手の洋子さんにおびき出されたように、自分の中の卵に対する異常な愛情がつるつると際限なく出てきたのには驚いた。ただの「卵ばな」に始まったのに、無意識の底の奥の方まで届いて、あたしの口から何かが際限なく出たのである。

卵好きは自覚していたが、まあ普通の卵好きだと思っていたのだが、どうもかなり常軌《じょうき》を逸《いっ》した卵好きであるようだ。一日に一個や二個じゃない。五個も六個も七個も食べる。そしてこの卵好きの原因は父にあるというのも、自覚はあった。

卵好きの父だった。昭和三十年代、元気が足りない、精をつけたいと思うと、父は、生の卵の殻に、箸《はし》でコツリと穴を空け、そこから醤油をたらーりと垂らし入れ、そのままゴクリと一気に呑《の》んで、「おー、元気になった」と言う父を、あたしはかっこいいと思っていた。いつかおとなになって、ああやってゴクリと卵を呑んでみたいと思っていた。

その父も今は亡《な》い。あたしは何年間も、カリフォルニアから父の独居する熊本に、最初は数か月おき、やがて隔月、最後の頃は、ほとんど毎月のように通っていた。いわゆる遠距離介護である。

死ぬ前の父は老いさらばえた老人で、あたしは寄りかかられ、重たくてたまらず、父の気持ちを思いやる余裕なんてなくなっていて、もちろん向こうにも娘の苦労を思いやる余裕なんてカケラもなくて、しかたがない、どうしようもない、あたしは粛々《しゅくしゅく》と（かなり超人的に）行ったり来たりをくり返していたのだが、父が死んでみたら、後悔だらけ。

なんでもっと帰ってやらなかったかとか、なんでもっと寂しさや不安を理解してやらなかったかとか、なんでそもそも老いた親を置いてカリフォルニアくんだりまで来ちゃったのかとか。

そんなとき、卵かけご飯は、父とあたしをつなぐ一つの線だ。

仏様に毎日ご飯を供《そな》えるように、あたしは、父のために卵かけご飯を食べる。卵かけご飯に入れるご飯もどんどん少なくなり、ゴクリゴクリと呑み込むように食べる。ほとんど、昔あたしがあこがれた、父の卵のイッキ呑みに近づいている。生卵の食べ方なんかをＤＮＡに左右されてたまるかと思いつつ、父に対する祈りのような心持ちで、父の行動をくり返しているような気がするのである。

ぼんやりした味

平松洋子

「茶碗蒸《ちゃわん》しが好き」

ボサノヴァがちいさく流れるカフェで、彼女がふいにそう言ったのだ。いかにも北欧のデザインらしいフロアランプの淡い灯のなかで、「ちゃわん」の音がぷかりと浮いた。

「ふうん。そう、そうなの。うん、茶碗蒸し、おいしいよね。銀杏《ぎんなん》とかほうれんそうとか、ちょこっとずつ入ってるの、いいね」

とりあえず答えておいてから、浮いて散らばったままの「ちゃわん」の断片を拾い集めて、わたしも口走っていた。

「茶碗蒸し、わたしも好き」

カフェを出て彼女と別れてから、時間が逆もどりした。あのときどうして彼女は、茶碗蒸しが好きだなんて言い出したのだろう。なにしろ、そのつぎにわざわざこう重ねたのだ。

「あたし、うすぼんやりした味が好きなの。ぼうっとぼやけたような味」

目のまえに座っている彼女のすがたもいっしょに、ぼうっと輪郭が滲《にじ》んだ。十年越しのつきあいだというのに、このひとのだいじなところをじつはなにも知らなかったのではないか。そんな気持ちに襲われたのである。とはいうものの、なにもそんな、たかだか茶碗蒸しくらいで。

茶碗蒸しには、ずいぶん馴染《なじ》みがある。こどものころ、母はよく茶碗蒸しをこしらえた。中身はいつもおなじで、ほうれんそう、鶏肉、かまぼこ。そこに、ゆり根や銀杏がくわわり、柚子《ゆず》の黄色い小片もいっしょに添えられた。うつわだってよく覚えている。群青《ぐんじょう》色の磁器で、白くておおきなまんまるの模様がいくつか散っていて、屋根みたいな傾斜のついたふたがのっかっている。不用意に触ると、火傷《やけど》をする。わかっていてもうっかり手を伸ばし、熱いっ、あわてて耳たぶをつまんだ。忘れようとしても忘れられない、なつかしい冬の食卓の情景である。

ただし、では茶碗蒸しが好きだったかと聞かれれば、ぐっと返答に詰まる。母は、茶碗蒸しをつくればつくるほど腕を上げ、私が中学生になるころにはとびきりの味わいだった。ほかで茶碗蒸しを食べたことなんかなかったけれど、ふるふるとやわらかで、とくべつ繊細な喉《のど》ごしにはこどもごころに感嘆した。スプーンで静かにすくうと、そのあとの窪《くぼ》みにだしが上がってきて溜《た》まる。なめらかな肌のなかに透明なだしが光る様子をこころからうつくしいと思った。けれども、茶碗蒸しがほんとうに好きだったかといえば――。

卵のやさしさに肩すかしを食らうといったらよいだろうか。あたたかくて、たっぷりとしていて、おだやか。食べ進むうち、おなかのうちがわにたしかなぬくもりが灯《とも》る。ほうれんそう、鶏肉、かまぼこ、ゆり根、銀杏。嫌いなものはなにひとつない。しかし、どこか正体がない。食べるそばから、するりと消えて逃げていくかんじ。ごはんのおかずには、どうしたって合わない。

なんとなく思っていた。おとなも、茶碗蒸し、ほんとうに好きなのかな。でも、茶碗蒸しにははんぱな文句のつけようのない、いってみればあたりを払うような風格のようなものがおのずと漂っていたから、粛々《しゅくしゅく》と底まですくうのが常なのだった。

うすぼんやりした味。ぼうっとぼやけたような味。なるほど、あのとき言葉にできなかったのは、たとえばそういうことだったのだろうか。つかみづらい、儚《はかな》く消えていくようなおいしさをどうおさめればよいのか、わからなかったのだ。

おとなになってしばらくして、茶碗蒸しのおいしさのありかにようやく気づいた。ひたすらやさしい、どっちに向かっているのかさえはっきりしない、そんなおいしさというものがある。凪《な》いだまま、たぷーんと時間が止まったように淡い、そこにこそ茶碗蒸しの醍醐味《だいごみ》はある。茶碗蒸しは、だれにも決して侵すことのできない治外法権のような味かもしれない。

いま、わたしがつくるのは茶碗蒸しというより中身さえない卵蒸しである。卵三つをよく溶きほぐし、だしを注いで混ぜ合わせる。味つけはせいぜい塩と酒くらい。溶いた卵をいったん漉《こ》せば、繊細な絹ごしの舌触り。それをおおきなどんぶりに入れて、蒸籠《せいろ》で蒸す。白い湯気の上がるふるふるの卵蒸しは、ただ卵いろ一色だ。なにも入っていない。すくっても、なにもでてこない。ほんとうにまるきり卵だけの、うすぼんやりとした味わいの卵蒸し。

しかし、そのなごやかさは格別だ。冷えこむ冬の朝、熱々の卵蒸しをおおきなさじですくって取り分け、木のスプーンで口のなかに運び入れる。やさしい、やさしい味わい。おかあさんの腕のなかで抱っこされているみたいな安心に包まれる。そこに見つかるのは、遠い時間のなかへゆっくり回帰していくような安堵《あんど》である。

もうひとつ、おなじような気分を味わう食べものがプリンだ。ふるふると舌のうえで震えるやわい肌。わざと舌さきを尖《とが》らせ、ほんのすこし押してみる。すると、あられもなく崩壊する。なんだかいじめている気になり、いたたまれなくなる。なのに、ときおりプリンが食べたくなる。癒《いや》されるなどとは思わないが、安心する。くちびるのあたりだけで味をとらえた幼い時分を取り戻しているというわけだろうか。だから、正気を失ってはいけないとばかり、カラメルのほろ苦さを感じたがる。

「あたし、うすぼんやりした味が好きなの。ぼうっとぼやけたような味」

不意を突かれてうろたえたのは、急になまなましさを覚えたからだ。正体の見えない、いやむしろ、正体を隠してしまうようなわけのわからなさ。そこを好きといわれて、たじろぐほかない。

輪郭がない。とりとめがない。柱がない。焦点がない。おぼろげに、ただひたすら拡散していく。つるりと飲みこみながら現在もまた、ぐずぐずと崩れてゆく。

デビルオムレツ

阿川佐和子

デビルサンドなるものをいただいた。

さるテレビ番組にて森山良子さんが自ら作って持ってきてくださった。

「デビルサンド⁉」

名前を聞いて恐れおののく。どんなおぞましきサンドイッチが披露されるのか。恐れおののいたのは束《つか》の間《ま》で、現れ出《い》でたるはお皿いっぱいに並べられた黄色と白の色鮮やかな茹《ゆ》で玉子、茹で玉子、茹で玉子のオンパレードだ。薄いパンの間にぎゅう詰めにされた茹で玉子の満員電車を見るかのごとき光景。ピチピチ玉子がはち切れんばかりの贅沢《ぜいたく》なサンドイッチ

4204
4207
4205
4206

である。しかし、どう考えても高カロリーだ。

「だから悪魔のサンドイッチって呼ぶのよ。名取裕子ちゃんに教えていただいたんだけど、ウチでも大好評でね」

良子様の解説を伺いつつ、ラップに包まれたデビル君を一つ取り上げて、大口開けて頬張ると、確かに豊かな玉子感。しかもおいしい。が、二つ目に手を伸ばそうとするにはなかなか勇気を要する。

「でも、いっか、食べちゃおって気持になるんだな。そこがデビルの所以《ゆえん》ってことかしら」

私より少しばかり歳上《としうえ》であるはずの良子様がニコニコケロリとおっしゃるのを横目で見つつ、私は二つ目に伸びかけた手をやんわり押しとどめた。

うちへ帰ってあらためてネットで検索してみたら、何と一つのサンドイッチに卵を六個使うというではないか。卵を茹で、殻をむく。まず、そのうち五個は縦に半分切りして、パンの上へ並べる。残り一個で作っておいたタルタルソースをその上からかけてパンで蓋《ふた》をし、ラップに包み、包丁で二等分にすると、中の表面が鮮やかに現れるという具合だ。

森山さんに「もう一つ、いかが?」と勧められたが、止《や》めてよかった。そんなことをしたら玉子六個を胃袋へ投入することになるではないか。言っている意味、わかります? 血管年齢七十八歳（実年齢は六十四歳）と医者に告げられ、血圧もここ数年、高め安定をキープしている私としては、朝、目玉焼きを二つ食べるのすら遠慮している昨今である。一度に玉子を六個も制覇するのはいかんせん無謀というものだ。デビルめ！

私が作る玉子サンドは、全面タルタルソースタイプである。すなわち、茹で玉子を細かく砕いて、そこへ玉ねぎのみじん切りとピクルスを加え、塩胡椒《こしょう》、マヨネーズを混ぜてパンに挟む。

このタルタル玉子サンドを片思いの君にささげた若き日の切ない思い出がある。幸か不幸か、それは二人だけのデートではなく、友達数人の海遊びの日であった。ゆらゆら揺れるヨットの上で、さて、そろそろお昼にしましょうと、私は持参したサンドイッチを皆の前に広げた。そして得意の玉子サンドを「どうぞ」と勧めると、女友達の一人が「わあ、ありがとう」と手を伸ばし、一口食べて、それからくぐもった声で私に囁《ささや》いた。

「アガワ、これ、ちゃんと玉ねぎの水切った？」

「え？」

指摘されて改めて見てみると、私の作った玉子サンドはやけにみずみずしい。というより、べちゃべちゃになっている。

「水にさらした玉ねぎは、布巾《ふきん》でしっかり絞ってから混ぜなきゃダメよ」
料理の先生のように私に駄目出しをした友達の、すぐ後ろで我が片思いの君は視線を海のはるか彼方《かなた》へ向けて、聞こえないふりをしていた。そのあと彼が私の玉子サンドに手を伸ばしたかどうか、動揺しすぎて記憶にない。ただ、今でも玉子サンドを作ると、そっぽを向いたかの君の横顔が胸の痛みとともに蘇《よみがえ》る……と書いて、今、蘇らせてみたが、もはや痛みはまったくないな。最近、ピクルスの代わりにラッキョウを刻んで入れるとおいしいことを知った。関係ないが。

私が人生で初めて作った卵料理は「炒《い》り玉子」であったと思う。小学生の頃、私の調理場はもっぱら石油ストーブの上だった。小さめの片手《かたて》鍋《なべ》に卵を一つ割り入れて、砂糖少々とお醤油《しょうゆ》タラタラ。よくかき混ぜてストーブの上に乗せ、割り箸《ばし》を四、五本握って待機する。熱が鍋に伝わって、鍋底に接している卵液が少しずつ固まり始める。そこへ束ねた箸を突っ込み、一気にかき混ぜる。また待機。少し固まったらかき混ぜる。それを数回、繰り返す。しだいに液状の部分が減っていく。液状部分をどれくらい残して火から離すか。この見極めが難しい。火の上で「ちょうどいい頃合」と思うと、食べるときに固すぎる。まだ少し生っぽいかというあたりで火から離すのが適当だ。それを「余熱」の力というのだと、私は小学校二年生にして学んだ。

ほどよく半熟に炒った玉子に、細かく刻んだキュウリと紅生姜《べにしようが》、そして前夜の冷やご飯を混ぜて出来上がり。名付けて「炒り玉子ご飯」を考案したのは私である。もっともこれが家族に大好評だった覚えはなく、学校から戻り、小腹が空《す》いたときなどに、自分で作って自分だけで食べていた。

そういえば父はオムレツが好きだった。晩ご飯の途中で、その晩のおかずに物足りなさを感じたとき、父はよく言った。

「おい、なんか食べるもんはないのか」

「えー？　他にですか？　そうねえ」

母や私が冷蔵庫を覗《のぞ》き、めぼしきおかずを探していると、父が叫ぶ。

「何もないならオムレツを作ってくれ。くれぐれもバターをケチってくれるなよ」

母はやれやれという顔をして、冷蔵庫から卵を一つ取り出し、フライパンを火にかける。ボウルに割った卵を割り箸でかき混ぜながら塩を振りかけ、熱したフライパンの上に、これでもかとばかりにバターの大きなかたまりを置く。

ときどき母に代わって私が作るときもあるが、オムレツに関しては、父は母の手によるものを欲しているとわかるので、あまり手出しはしないようにしていた。なにしろ母の作るオムレツは、娘の私が言うのもナンですが、なんともいえず美しい。さして特別なことをしているわけではない。ただ、一個の卵をフライパンでささっと焼いてひっくり返してまとめるだけである。それなのに、出来上がりを見ると、肌合いの揃《そろ》ったきれいな卵色の表面、中はほどよく半熟状態で、かたちも大きさも、なぜか上品。

私が作るとこうはいかない。雑味が出る。表面の色と固さにムラがある。オムレツの出来ごときで人の性格はわかるものだと、母のオムレツを見て思った。

母の作ったオムレツが目の前に運ばれると父はこよなく嬉《うれ》しそうに顔を緩《ゆる》め、その一かけらを箸で挟んでご飯の上に乗せ、口へ運ぶ。

「ああ、うまい！」

その声を聞き、だったら最初から今日のメインディッシュはプレーンオムレツだけでよかったのに、他の料理を作った労力は無駄だったのかと、母と私は顔を見合わせたものである。『アリス・B・トクラスの料理読本』という料理エッセイ本がある。以前、『スープ・オペラ』という小説を書くにあたり、参考にした。トクラスは生涯のほとんどをフランスで過ごしたアメリカ人作家である。彼女は同業者である女流作家のガートルード・スタインと長年一緒に暮らし、ヘミングウェイやピカソ、マティスらと親しく交流し、料理の腕にも長《た》けていたらしい。そのトクラスの料理本にオムレツが載っていた。というより、他にも手の込んだ肉料理や魚料理が洒脱《しゃだつ》なエッセイとともにたくさん掲載されていたのだが、簡単に真似《まね》できそうなものが、オムレツだったので、目に留まったのである。ただしかし、そのオムレツのレシピが豪快だった。もはや手元にその本がなく（大事にしていた本に限って失《な》くす）、詳細が定かでないが、十年程前に書いた私の小説の中の一文を参照すると、どうやらこのオムレツの発明者はトクラス本人ではなく、当時親交のあった画家のピカビアだという。称して『フランシス・ピカビア風オムレツ』。

「これをただのオムレツと言うなかれ。だって発明者はあのピカビアなのだから」

トクラスの一文である。「あのピカビア」と書くほどだから、ピカビア自身、よほど「タダモノ」ではなかったことが推測される。生涯、幾度にも亘《わた》って画風を変貌《へんぼう》させたピカビアは、後年、「描き続けるためには、狂人にならなければならない」と自ら宣言していたそうだから、そんな画家が考案したオムレツが、タダモノであるはずはない。

材料を見ると、卵八個にバター半ポンドとある。半ポンドといえば、おおよそ二百三十グラムのことである。普段、家庭で使うバター一箱が二百グラム。それより多い。その時点で私は仰天し、さらに興味が湧《わ》く。とりあえずレシピの半量分で作ってみようと意を固める。すなわち卵四個とバターを百十五グラム。それでもとんでもない量だ。

まず卵四個をボウルに入れて攪拌《かくはん》する。塩、胡椒を施し、フライパンを火にかける。レシピによると、バターを少しずつ足しながら、三十分かけてゆっくり焼くのだそうだ。そんなに時間をかけて、固くなりすぎないのか。疑問を抱きつつ、まずは熱せられたフライパンの上に少量のバターを溶かし、それから卵を流し込む。バターは半分？　三分の一？　それとも四分の一？　よくわからないので、三分の一ほど。時間をかけてじっくり焼くということは、弱火がいいのだろう。卵料理は何であれ、強火にかぎるという常識に、このオムレツは反している。フライパン一面に広がった卵の海がしだいに下から焼けてくる。その固まりかけたところと液体状の部分とを箸で混ぜる。続いてバターの次の三分の一ほどを加える。バターが卵の中で溶けていく。ふと、絵本『ちびくろ・さんぼ』のトラが溶けていく場面を思い出す。再び固まってきた頃合を見計らって箸で混ぜ、残りのバターを黄色い卵の中へ投入する。卵は固まり、バターは溶け、どうもこれを見る限り、バタースープに浮かぶ玉子焼きという様相だ。さて最後が肝心。フライパンを手に持って斜めにし、バターの染《し》み込んだ玉子をひっくり返してオムレツのかたちに整えなければならない。と、整えるのはさほど難しくないけれど、どう見ても、バターが玉子の端から溢《あふ》れ出している。こんなことでいいのですか、ピカビアさん？

そもそも私はバターが大好きだ。幼い頃、それこそ『ちびくろ・さんぼ』に衝撃を受け、あるとき母に頼んだことがあるぐらいだ。

「バターのスープを作って！」

母は笑って答えた。

「そんなの、無理よ」

おおいにがっかりした日の、それが縁側での会話だったことをはっきりと覚えている。それほどにバター好きの私でさえ、このオムレツの味には驚いた。驚いたというより、やや閉口した。ここまでバターを使わなくてもいいのではないか。ピカビアさんのみならず、アリス・B・トクラスもガートルード・スタインも、ピカソもヘミングウェイも、こんなオムレツをおいしいと、本当に思っていたのだろうか。常日頃、「バターをケチるなよ」と口癖のように言っていた父が、もしこのオムレツを食べたなら、はたしてなんと感想を述べたであろう。生前の父に一度食べさせてみたかった。

ちなみに、後日森山さんにうかがったら、「私は卵三個よ。タルタルソースも卵は使わないで、クリームチーズやマヨネーズにピクルスを刻んだものを使うだけだもん」。それだって十分にデビルだろ！

春はふわふわ玉子のスフレから

石井好子

どこでも、ママのおとくい料理、おばあちゃまのおとくい料理、ときにはパパのおとくいというのもある。

しかし、とくい料理もそのときどきで変るものだ。私はシチューを作るのがとくいで、週に一回は作っていた。ホワイトシチュー、トマト色のシチュー、ポトフのように澄んだものそのときどきの気持で、いろいろなシチューを作った。

それなのに、この冬は、シチューは二、三回しか作らなかった。それも、自分たちのためではなく、友人が集まったときであった。その代り、この冬は、二、三年前まではめったにたべなかったなべ料理ばかり作っていたような気がする。
なべ料理はさっぱりしすぎて敬遠していたのに、なにかというと「おなべにしようか」というふうになったのは、年のせいであろうか。

＊

家のおなべはいつも同じだ。主人が身のしまった魚しかたべないから、タラ、そしてかときまっている。それを、レモンとおしょうゆでいただく。私はいささかあきて、自分のぶんに、さわらやかじきまぐろを切っておくこともある。レモンの他にゆずをしぼったり、大根おろしで食べることもある。

ときどきは、そのあと牛か豚のうす切り肉をしゃぶしゃぶと煮るが、この冬は、トリのたたきにこった。みじん切りのねぎとしょうが、それにおみそ少々と玉子を一コ入れて、ひき肉とよくまぜ合せる。お皿にぺったり寝かしておいて、ぐらぐらのなべの中に、少しずつ、ぽとりぽとりとおとすと、小さいおだんごができる。これは、やわらかくて香りもよくて、とてもおいしいとおもうのだが、夫は一瞥《いちべつ》もしない。かきとタラひとすじである。

朝食もアプルコンポートとコーヒーにきまってひさしい。アプルコンポートなどというとキザだが、要するにりんごの煮たので、これは胃におさまりがよいのだそうだ。

そういわれてしまうと一言もないが、遺伝ではないかと思われるふしもある。彼の父親、すなわち私のお舅《しゅうと》さまは、三百六十五日おとうふのおみおつけで朝食をとっている。もう数十年、おとうふの実ひとすじである。たきたてのご飯を茶わんによそって、その上にみそ汁の中のおとうふをすくってのせる。上からけずりかつおをかけて、ご飯とまぜてたべる。

「ハハー、犬メシですな」といわないでいただきたい。「うずみ豆腐現代版ですな」といってほしいのだ。

〈うずみ豆腐〉のことは辻嘉一《つじかいち》さんの書かれた本で知った。埋み豆腐ともいう茶懐石の料理である。白みそのおみおつけの中に、大ぶりに切ったおとうふを入れて煮る。ふわっと浮き上るところをとり出して、お椀に盛り、その上にたきたてのご飯をのせ、終りに汁をはる。別にときがらしと、もみのりを添えるのだそうだ。

黒塗りのお椀に白いおとうふ、白いご飯、それに白みそは美しいとり合せだ。お懐石だから、ご飯はお釜の肌にそって一杓子、切りとるようにすくっておとうふの上にのせるのだろう。こうなると汁かけ飯も芸術的になる。

茶道の古典の槐記《かいき》に「享保九年十二月十八日御夜食」として、このうずみどうふが記され

ているという。ついでにその夜のメニューを写させていただくと、

嫁菜《よめな》、土筆《つくし》、白魚、いり酒

ハンペン、玉子フハフハ、芹《せり》、細柚

すてきなお夜食だ。辻さんは、「不意の来客、霜の朝、雪の夕餉《ゆうげ》につくってみるのも、たのしい風流の味でありませう」と記されている。ハンペン、玉子フハフハ、芹、細柚、というのは、いかにもおいしそうだ。ハンペンは四つ切りか二つ切りか、うす味で煮てその上から玉子をかけてふわふわととじて、芹の葉と柚の細切りをのせるのだろうか。ああ、たべてみたい、いや作ってみよう、と心にちかったりする。

おなべをするとき、最後はおじやや、うどんの煮こみを作る。そして出来上りぎわにほぐした玉子をかけてとじる。この玉子とじのおじやがたべたいためにおなべをするのだ、といってもよいほど、私はふわふわが好きだ。オムレツだって、外側に少し焼目がついていようとも、中は半熟、かき玉のふわふわである。スフレはもっとふわふわでもっとおいしい。

*

しかし、スフレオムレツといえば、いまでも胸のいたむ思い出がある。戦時中のある日、

私は海辺の町に疎開している親類の家に、泊りがけでたずねていった。海辺だったからたまにお魚が手に入るとはいえ、食料難であった。女主人が「今日は珍しく玉子が手に入ったのよ」と、ざるに入った六個の玉子をうれしそうにみせた。

「何にしていただきましょう」

「一人一コあてだわね」

そのとき、私の頭に、雑誌でよんだ玉子料理がひらめいた。

「スフレオムレツっていうの、おいしいんですって。雑誌にでていたわ。ふわふわになるから大きくみえるんですって。珍しいし、子どもさんたちもおばあちゃんもよろこぶのじゃないかしら」

「じゃ、作って下さる？」

「ええ」

などと気楽に引き受けて、雑誌に書いてあったのを思い出して作った。

玉子ははじめに黄味と白味を別々にして、白味は泡立てて、黄味に塩コショーしてざっくりまぜて、油で一人前ずつオムレツを焼いた。たしかにふわっとふくらんで格好はよかったが、たよりなくふわっと口の中でなくなってしまう感じだった。

子どもたちは「これ玉子？　つまんねェーの」と毒づくし、おばあちゃんも「なにやらたべた気がしませんね」となげく始末。女主人は気をつかって「でも、おいしかったわ」といってくれたが、それはなぐさめの言葉にすぎなかった。

スフレオムレツは、玉子も二、三コ使って、バタをたっぷりしいて、おいしい具を入れたり、こってりしたソースをかけていただく前菜なのだ。前菜なら軽くふわふわといただくのでよいわけだが、たった一コの玉子で作ったスフレオムレツなどというものは世の中に存在しない。まして具も入れずソースも作らず、お皿の上にぷわっと一つ、よくも出したものだと思う。

久しぶりにありつく玉子なら、各自の好みをきいて、おいしくたべさせてあげるのが、本当の料理人だ。ある人は半熟で、またはフライドエッグで、玉子の黄味も白味も味わいたいだろう。ある人はいり玉子に、またはオムレツにして、やわらかい玉子の味を楽しみたいだろう。またある人は、生のままかきまぜて、おしょうゆをたらし、ご飯にかけてたべたいだろう。「あーたべた」という実感が味わいたいのに、余計な口だし手だしをしたために、貴重な玉子はふわふわと口の中で消えてしまった。まるで上等なヒレステーキをひき肉にしたみたいなことだった、といまにして思う。

＊

はじめて本当のスフレという料理をたべたのは、パリに住んでいたときだった。一九五三年の春から五四年の春まで、モンマルトルのレビュで歌っていた。そのころ、同じ楽屋で毎晩顔をつきあわせていたリュシエンヌという歌手がいた。そのとき私はちょうど三十歳だったが、少し若く思われたいから二十七歳と称していた。「あーら、私も同い年よ」初対面のときそういったが、どうも彼女の方が上のような気がした。五、六歳さばをよんでいる感じだった。

彼女はなにかにつけて先輩ぶった。もちろん私は、パリのことをよく知らないし、フランス語だってたいしてうまくないのだから、「リュシエンヌ、リュシエンヌ」と頼りにしていた。彼女は北欧系というか、グレタ・ガルボ風の理知的な美しい顔をしていた。そして、低い耳ざわりのよい声で歌った。

くいしん坊のフランス人からずいぶんいろいろな料理を教わったけれど、私はリュシエンヌから一番多く教えてもらった。

二人でレストランに入ったとき、リュシエンヌが、デザートはスフレにしようといった。

スフレをたべたいときは、時間がかかるので、あらかじめ注文しておかないとダメだという。作りたてをたべさせるために、コックさんは時間をみはからって作るのだそうだ。カルメ焼きみたいなもんかな、と思ったりしたら、とんでもない……。すばらしく豪華なデザートだった。黒服を着た給仕長がうやうやしく運んできた。スフレは、深皿の上にふわっと盛りあがり、クリーム色の地肌を出しながらこんがりと焼けていた。

大きなスプーンで、ざっくりとお皿によそってくれる。湯気の立つクリーム色のふわふわ菓子、よい香りがただよっているのは、グランマルニエ酒とオレンジの皮が入っているからだ。「こんなにたくさんたべられないわ」なんていったのが恥かしいほど、すいすいと胃の中にすべりこんでしまう。「こんなにおいしいものが世の中にあったのか」と、ひと口ひと口、感激しながら味わった。

＊

スフレ・オ・グランマルニエ、このようなすてきなデザートはレストランでたべるものと、その頃は頭からきめていた。しかし、だんだんお料理も出来るようになった頃、チーズスフレというのに出会った。

仕事のあとリュシエンヌが家にきた。「なにか食べたいわね」と二人で台所に入ったが、チーズと玉子くらいしかなかったので、チーズスフレを作ることになった。もちろんそれは彼女の提案で、そして作るのも彼女だった。私はよこで、ひたすら感心しながら眺め、「おいしいおいしい」とおかわりをしてたべ、そして、これなら私もできそうだと思った。

約五、六人前として、チーズはグルィエールチーズかエメンタルをおろし器でおろしたのをカップ1杯半、この頃はスーパーでピザパイ用チーズとして売られている袋入りが便利。バタカップ2|3杯、メリケン粉同量、牛乳カップ2杯、玉子6コあればできる。

まずホワイトソースを作る。ホワイトソースの作り方はご存じと思うけれど、まだ「ホワイトソースってむずかしいわ」とか、「だまが出来るのがこわくて作らないの」などという方もいるので、書くことにしよう。私も昔はそうだった。ホワイトソースを作ると失敗すると思い、作ることがおっくうだった。今はこんなやさしいものはないと思っているし、私のやり方をみせると、若い女の人も「こんなことなら私も出来ます」といってくれる。

まずフライパンにバタをとかす。強火にするとこげるので、作りあげるまでずっと中火にしてほしい。その中に粉を入れて泡立て器でまぜる。

この泡立て器が新兵器なのである。「金物《かなもの》を使うと色が悪くなります」「竹べらかしゃもじでかきまぜましょう」などという言葉に、まどわされてはいけない。それは悪魔の声だ。「牛乳を温めましょう」そんな必要もない。「少しずつ、温めた牛乳をまぜます」それもあまり神経質になる必要はない。

フライパンの中の粉がバタとなじみ、とろっとして香りが立ってきたら、牛乳を入れる。片手で泡立て器を動かしながら、だらだらと流しこむ。その間、泡立て器はたえずかきまわしつづける。そうすれば、初めちょっとだまが出来そうになっても、必ず舌ざわりのなめらかな、とろっとしたソースができる。

この分量だと固めのソースである。その中に塩コショー、あればシナモンの粉をふりかけ、チーズを入れてとかして、そのままさましておく。塩の量は、使うバタやチーズでちがうので、初めはいれないで作って、その次から、加減をみて入れることにしたほうがいい。

＊

食事の始まる約一時間前に天火をあたため、耐熱性の器にバタをぬりつけ、その上にパラパラと、粉チーズをふりつける。玉子は、黄味と白味べつべつにわけて、黄味は前に作ったチーズ入りのソースの中に入れてまぜる。白味は泡立て器で固く泡立て、ソースの中に三回くらいに分けて、切るようにざっくりとまぜ合せる。きれいにまぜようとしてこねくりまわすと、よくふくらまなくなるので注意してほしい。

このたねを器に流しこむ。流しこんだときたねは、器の縁すれすれより三センチぐらい下の分量だと、ふくらんだときの盛り上りがよいだろう。

天火は、初めは高温で十分、中火にして二十分焼く。気になるけれど天火は開けてはいけない。三十分したら開ける。スフレはすでにこんもりと焼けて、それはそれはおいしそうな形になっているはずだ。箸《はし》を中にさしてとろみがついてきたらもうしばらく焼く。すーっと通ってなにもついてこなければ出来上り。

「さあ出来ました」と、ふわっとふくらんだ熱つ熱つの器をテーブルに出してからぐずぐず坐《すわ》られたのでは困るのだ。「早く早く」「熱いうちに召上って」などと叫んでいるのに、「どうぞお先に」などと、席をゆずりあわれたのでは、こちらは泣きだ。

できたてのおいしいところをたべてもらおうと必死なのに、「ちょっとお手洗い拝借するわ」と席をはずした友人を、私は「もう絶交しちゃおうか」とさえ思ったことがある。それほどスフレは、たべるタイミングが大切なのである。

チーズスフレ、このほかに、カニやエビ、鮭など入れたり、高級レストランではざりがにのすり身を入れてピンクに焼き上げたりする。どれも皆おいしい。これは辛口で前菜用。前に書いたスフレ・オ・グランマルニエはデザートで甘口、これもグランマルニエ酒入りのほかに、チョコレートや苺入りと、いろいろ種類がある。

辛口のスフレは、ホワイトソースをベースにして作るので、作り方はむずかしくない。しかし甘口には粉を入れないので、それだけむずかしくなってくる。

グランマルニエ酒が手に入れにくい場合は、オレンジの皮、またはレモンの皮だけでよいが、材料としては四人前のスフレで、グランマルニエ酒1/4カップ、オレンジの皮のおろしたもの、大サジ1杯、玉子の黄味5コ分、白味7コ分、砂糖1/3カップ、べつに器にぬる分として、バタ大サジ2杯と砂糖大サジ3杯を用意する。

まず、耐熱性の器にバタをぬり、砂糖をふる。玉子の黄味をおなべに入れて、泡立て器でまぜながら砂糖1/3カップを少しずつ加え、とろっとしたクリーム色になるまで弱火でまぜつづける。このおなべを熱いお湯の中につけて湯せんにすると、とろっと重くなってくる。このなべの中にグランマルニエ酒、おろしたオレンジの皮をまぜ入れ、中身を大きなボールに移して、今度は氷水の中につけて冷たくなるまで冷やす。

ボールに玉子の白味を入れて固く泡立てる。これを黄味とざっくり大まかにまぜ合せる。

バタ、砂糖のついた器にこれを入れて、表面を焼き上ったときよい格好になるように、うずのように大きい丸をつくる。高温の天火で二分焼いてから、二百度（摂氏）に温度をおとして三十分焼くとこんもりもり上る。うずを描いておいたから、高いところはこげめがつき、低いところはクリーム色で、綿菓子のようだ。上から粉雪のように粉砂糖をふる。

誰もが「ウワーすてき」と歓声をあげるすてきなスフレ。でも、これをうまく作ってちょうどよいタイミングで出すのはとてもむずかしい。

卵と玉子とたまごの話

池波志乃

干支《えと》を意識したわけではないけれど、近ごろ「卵」が気にかかる。

生なら「卵」、料理したものは「玉子」だそうだが、私にとって思い入れのある「たまごごはん」は、誰が何といおうと平仮名でなくては気持ちが悪い。味は好きなくせに「生卵」という字面《じづら》と音が苦手なのだ。

「たまごごはん」は心身ともに元気な時に勢いよくかっ込むものである。

私の母は、玉子料理は好きなのに生卵だけは食べられない。もともと生が苦手なのではなく、産後の体調が戻っていない状態の時に、病院で出された「たまごごはん」を食べて気持ちが悪くなって以来だという。ごはんが冷えていたのも嫌だったというが、とにかくそれから生卵を食べようとするとその時の生臭い感じが蘇《よみがえ》って、どうにも喉を通らないそうだ。

この手の経験から生卵が苦手になった人は結構多いようで、インスタントラーメンが出たばかりの頃、どんぶりに入れて生卵を落とし、お湯を注いで蓋《ふた》をして、もういいと思って食べたら半煮えの卵が気持ち悪く感じて、それから半熟すらもダメになったというパターンだ。今でもファンの多いこのインスタントラーメンのリニューアルバージョンは、麺《めん》の中央に卵のための凹《へこ》みがつけてある。これなら巧《うま》く蒸れて卵嫌いの人を作らずにすむかもしれない。

そういえば「たまごごはん」も「たまご入りインスタントラーメン」も、女性より男性のほうがファンが多い。単純に簡単だから、というよりも、男はなぜか卵が好きなのだ。

家の亭主も例外ではなく、人に羨《うらや》まれながら高級料理を番組で食べたりしているが、そういったものは続くと飽きてうんざりしてくるけれど、「たまごごはん」は飽きないし、時々無性に食べたくなるという。

もっとも、仕事となるといくらご馳走《ちそう》でもしんどいもので、一日七軒、天ぷらやステーキ責め、なんてのは拷問に近くそれこそ命がけである。

「でも、卵を毎日食べるのだって問題じゃないの？　一個で栄養バランス最高だけれどコレステロールが心配」というあなた、大丈夫です。

とかく悪者にされているコレステロールは、実は生きていくために必要不可分な脂質で、細胞膜や性ホルモンをつくる材料でもあり、少なすぎると免疫力が低下し、精神不安定になって暴力行為に走るとか、うつ病になりやすいという。

コレステロール値が高すぎると、心筋梗塞などのリスクが大きくなるというのは常識だが、低すぎると癌《がん》の死亡率が五倍という研究結果もあるらしい。

Mサイズの卵一個に含まれるコレステロールは約二一〇ミリグラム、人の理想的な数値は約二二〇ミリグラムから二四〇ミリグラムといわれている。しかも健康な人はコレステロール値を一定に保つ機能が働くので、卵を毎日食べたからといってコレステロール値が上がることはないそうだ。

もちろん、いくら食べても大丈夫という意味ではない。

ところで「たまごごはん」の丁度《ちょうど》よい割合は、男茶碗《ちゃわん》一膳のご飯に卵一個というのが標準だろうか？　女茶碗に卵一個分をかけてしまうと、お茶漬け状態になってしまう。

卵の鮮度や米の質、ご飯の炊き方や温度はもちろん重要だが、卵とご飯の割合や味は、これに加える醤油《しょうゆ》の量がものをいう。

私の実家では、丼に二個の卵を割って醤油を多めに入れて混ぜ、レンゲを添えて卓袱台《ちゃぶだい》の真ん中において、生卵は食べない母を除いた一家四人で掬《すく》ってかけていた。貴重品という時代ではないけれど、まだまだ卵は高いもので、一個売りだった、と思う。

味が濃いので子供茶碗ならレンゲに一掬いほどかけて混ぜれば充分で、色もかなり茶色っぽかった。その頃の癖で、今でも醤油の少ない黄色い溶き卵はちょっと苦手だ。

結婚が決まって亭主が家に遊びに来た時、この「たまごごはん」を出したら妙な顔をして手を出さなかった。てっきり生卵が苦手なのかと思っていたら、「こんな食べ方は見たことがなかったので驚いた」と後でいわれた。年代的なことというより田舎では卵は買うものではなく、生みたての鮮度のよいものが手に入るので、一人に一個で醤油もそんなに入れないという。これが夫婦間の食事に関するカルチャーショック第一号だった。

今でも亭主は黄色い「たまごごはん」、私は茶色い「たまごごはん」を食べている。

火を通した玉子料理の代表は、何といっても「お家のたまごやき」である。これに関しては「たまごごはん」どころじゃなくみんな譲れない拘《こだわ》りを持っているようだ。ありがたいことに「お家のたまごやき」は亭主と同じだった。味つけは醤油のみである。

飲み屋でこの話をすると結構盛り上がるし、酔いも手伝ってムキになる紳士もいてなかなか面白い。そんな時の顔は子供に返っている。

バリエーションは多く、単独で「醤油」または「塩」を混ぜ込んで焼く、そこに「砂糖」を入れる、味をつけずに焼いてでき上がったものに「醤油」をまわしかける、「塩」を振る、「ウスターソース」に「とんかつソース」、そこに「ケチャップ」を加える、単独で「ケチャップ」だけ、だしで伸ばして複数の調味料で味つけした「だし巻き玉子」、中には「マヨネーズ」をたっぷり塗るなんて人もいたが、これはマヨネーズ世代のみ。

同じようなノリで「目玉焼き」と「ゆでたまご」も、何をかけるか？　は重要である。

ここで実家の定番だった経済的な卵の一品料理を紹介したい。

「たまごパッとのせごはん」というベタな呼び方をしていた、料理ともいえない簡単なものだ。

お皿にご飯を盛りつけ、味つけしていない薄焼き玉子をそのままパッとのせて、ウスターソースを回しかけるだけ。スプーンの縁を使って薄焼き玉子を一口ずつ切るようにしてご飯と一緒に掬って食べる。見た目も気分も立派な洋食だ。中のご飯がチキンライスなら、玉子を焼き過ぎたオムライスになるのだが、この場合それは邪道である。玉子から滑り落ちたウスターソースがご飯に沁《し》みた「醤油飯」ならぬ「ソース飯」が妙に美味《おい》しいのだ。外では食べられないホッとする味である。

もう一品、凝っていそうだけれど超簡単な珍味がある。

「卵の味噌《みそ》漬け」だ。

いちばんベストなのは、野菜の味噌漬けを食べてしまった後の味噌床だが、なければ普通の味噌を密閉容器に敷き詰めるだけでよい。味醂《みりん》か酒で少し温めるとやりやすいし味もよくなる。分量は容器の底から三センチもあれば充分だ。

平らに均《なら》した味噌床の表面に卵を押しつけてくぼみを作り、黄身だけをそのくぼみに落とし、ガーゼをかぶせて味噌を薄くのせるだけ。そのまま冷蔵庫に入れて漬かるのを待つ。状態にもよるが、三日目くらいから食べられる。練りウニのような感じにねっとり固まればでき上がりで、少々塩辛くなるが漬かり過ぎもそれなりに美味しくてお酒が進む。味噌に工夫をすれば驚くほど凝った味になるのでお試しのほどを。

使わなかった白身はメレンゲにしてお菓子を作れば、お酒の肴《さかな》とおやつが両方できて無駄にはならない。

白身はスープのアク取りに使えることをご存知だろうか。

スープを仕上げる直前に溶いた白身を流し込むと、混ざりこんでいるアクを白身が取り込んで固まるので、これを漉《こ》せば澄んだスープになるのだ。

卵は偉い！

中国で、玉子だけのチャーハンを食べた。他の炒め物などがこってりしているので、口が変わってとても美味しかった。美しく仕上げるためにも、醤油は使わず薄い塩味に仕立てる。コツは、油を多めに熱して最初に溶き卵を一気に入れ、半熟の炒《い》り玉子を作って、別の皿に取り出しておくことだ。このとき玉子はパラパラにする必要はない。焦げ目がつかないようにまとまったらすぐに取り出す。改めてご飯だけをパラパラになるように炒め、軽く塩を振って玉子を戻し、玉子がバラけてご飯に混ざればでき上がり。

スペインで、お袋の味だというスープを食べた。飲んだ、と書かないのは玉子のスープ煮のようでボリュームがあったからだ。

潰したニンニクを炒めてスープを注ぎ、卵を落として煮込むだけの簡単な料理だったが、ニンニクの炒め具合や入れるスープが家庭によって違うので、出されるものは見た目も味も様々だ。「これが美味しくできないとお嫁に行けない」と聞いた。簡単だけれど美味しく作るのは難しい「味噌汁」と同じである。

メキシコで、オレンジジュースに卵の黄身を入れたものを飲んだ。朝飲むと元気になるといわれて恐る恐る飲んだが、オレンジ自体の味が濃いので思ったほど抵抗はなかった。考えたら、牛乳に黄身を混ぜ込めばミルクセーキだし、黒ビールに入れるのも定番だ。日本酒に入れればご存知「玉子酒」になる。

以前、かき玉汁のような「玉子酒」を出されて驚いたことがある。

「玉子酒」の作り方は――常温の日本酒を、湯のみ茶碗一杯分鍋に入れ、そこに黄身をひとつ落として泡立て器か箸《はし》を数本握ってよくかき混ぜる。この時点でムラがないように、薄黄色の玉子水になるまでよくよく混ぜる。ここで鍋を弱火にかけて、玉子が固まらないように混ぜながら温める。アルコールを飛ばすほど煮立ててはいけない。これで見た目も綺麗で美味しい玉子酒になる。砂糖を入れるという人もいるが、これはいただけない。

体はぽかぽか温まって滋養もあり、アルコールの効用でよく眠れる。風邪の引き始めには効果抜群だ。

初めて作って飲ませたとき、風邪で食欲のないはずの亭主は三杯飲んだ……。

いくら美味しくても「玉子酒」のお代わりはやめましょう。

オムライス

野中柊

仲良しのクミちゃんと洋食屋さんでランチ。

「あそこのオムライスは最高！」と興奮気味に語る彼女の案内で行ったところは浅草。

なるほど、評判の店らしい。

店に入りきれないお客さんたちが道路に列を作っていた。

それも、まさしく老若男女。いかにも浅草っ子という感じの渋いオジイサンから、遠くからわざわざ食べに来ました、という感じのお洒落《しゃれ》な若い女の子まで、いろいろ。

皆、洋食が好きなんだな。

ほんとうの西洋料理に特有の、スパイスやクリーム、バター、オリーブオイルの匂いとはまた違って、ケチャップやソース、玉葱《たまねぎ》の匂いが往来に漂ってくる。

なにやら、ノスタルジック。

これ。これ。これこそが日本の洋食の匂いなのよ、と嬉《うれ》しくなってしまう。

店内に入ると、カウンター席に案内された。オープンキッチンで、コックさんたちが忙しそうに立ち働く姿が見渡せる。

大きなオーブン。

火勢のいいガステーブル。

包丁は研ぎ澄まされて、キャベツの千切りも玉葱の微塵《みじん》切りも魔法のように素早くできる。

「オムライスを作るところを見てるとね、思わず感動しちゃう。ワザって感じなんだもの」

クミちゃんは席に着くなり、わたしにそう囁《ささや》いたのだけれど、目の前で繰り広げられたドラマ『オムライスができるまで』は、たしかにすごい見物《みもの》だった。

手際がいい！　動作が速い！

フライパンを火にかけて、野菜とチキンとゴハンを炒め、ケチャップをかけると、鮮やかなトマト色のチキンライスが出来上がる。そして、コックさんが軽快なリズムで腕を揺する

たびに、そのチキンライスはフライパンの上で軽々と舞い、お店の中にケチャップが焦げる美味《おい》しそうな匂いがたちこめる。

それから、別の鉄のフライパンに溶き卵を流しこみ、表面がまだ乾ききらないうちに、その丸いオムレツの片隅にチキンライスをのせ――さあ、その後がすごかった！

どうやってオムレツの中にチキンライスをくるむのか、興味津々。じっと観察していたら、コックさんは右手でフライパンを持ち上げ、そして、左手でその右手の手首を、ぽん、ぽん、と叩き、その振動で、オムレツとチキンライスはフライパンの上を小刻みにジャンプして移動し、いつの間にか、オムレツの衣の中にチキンライスが覆われてしまっていたのだ。

その間、コックさんはフライパンの中のものに指一本触れることもない。

「うわあ、神ワザ！」

クミちゃんとわたしは、溜め息まじりに叫んでしまった。

そして、もちろん、味も抜群。

「いいよね」

「うん。すごく男っぽいよね」

お皿の上のものをきれいにたいらげてしまった頃には、わたしたちは、そう囁き合っていた。オムライスを作ってくれた、まだ年若いコックさんに、つい惚れこんでしまったみたい。もし道ですれ違っていただけならば、たぶん、目も留めなかっただろう男《ひと》だけれど、厨房の中ではとてもチャーミング。

鉄のフライパンが似合うんだもの。

そして、それ以来、わたしは、オムライス作りに夢中。

あのコックさんの味にすこしでも近づこうとケチャップやペッパーの量を工夫してみたり、卵の焼き具合に気をつけたり。チキンライスについては、かなりいい味を出せるようになった。

でも、モンダイはオムレツ。どうしても、うまくチキンライスをくるむことができない。

「うーん。フライパンが重すぎて、うまくいかないよ」

あるとき、そう悲鳴を上げると、夫が見るに見かねて手伝ってくれた。軽々とフライパンを持ち上げるその腕の力強いこと。

ときめきを感じてしまって、わたしは、思わず、つぶやいた。

「あなたって理想のタイプ」

わたしにアピールする魅力的な男らしさの条件には、鉄のフライパンが似合う逞《たくま》しい腕、というのが欠かせないのだと気がついた。

卵焼きのサンドウィッチ

林望

ああ、悲しきかな、無常なるかな、わが日本声楽界の耆宿《きしゅく》にして、大バリトン歌手であった畑中良輔《はたなかりょうすけ》先生が、忽焉《こつえん》として世を去ってしまわれた。享年九十歳とあっては天寿を全うされたと言うべく、これも一つの定めに相違あるまい。

私は、この二十年あまり声楽の稽古《けいこ》に励んできたのだが、いつしか先生の知遇を得ることとなり、何度も先生主宰の演奏会に客演させていただいた。

歌う歌は毎回決まっていて、私の作詞、伊《い》藤《とう》康英《やすひで》君作曲『あんこまパン』全三楽章の大歌曲であった。これは、小著『音の晩餐』に書いておいた奇矯《ききょう》なるレセピを、伊藤君がふと思い立って歌曲にしてしまったという珍しい成り立ちの歌であるが、次第に多くの声楽家たちの喜び歌うところとなって、今ではかなり有名な作品となった。

「あんこまパン」とは、要するに、あんことマヨネーズのサンドウィッチということなのだが、これを作詞者自身が熱唱するという趣向を喜ばれたものか、畑中先生は、何度も、私に舞台に出て歌うようにと奨め励まして下さり、また歌う度に褒《ほ》めても下さった。

そして、いつもおっしゃることは、「どうしてまた、あんことマヨネーズをいっしょにしようと思ったの？」

ということで、私はいつも答えに窮《きゅう》した。が、実はこれにはそのもとになったサンドウィッチ体験があったのだ。

あれは、私が中学生の頃。二年生の時分だったか……イコマ君という男の子が、大阪の学校から転校してきた。

お父さんは電器メーカーに勤めていて、その転勤で東京に来たらしい。まだまだ大阪弁などは珍しかった時分に、こてこての大阪弁を話し、行動様式も、歩き方さえも東京の少年とはちがっていたイコマ君と私はなぜか仲よくなった。

ある日の放課後、彼の家に遊びに行くと、びっくりするほど大きな家で、しかもテレビが五台も六台もあるので度肝を抜かれた。

しかし、共働きだったのであろうか、彼の家にはお母さんもだれもいなくて、そのひろい家はがらーんとしていた。

やがておやつの時間になった。すると、イコマ君は、茶簞笥《ちゃだんす》のようなところを開けて、なかから皿にのせたサンドウィッチを出してきた。

「これや、おやつやで」

そう大阪弁で言うと、その一つを私にくれた。

見ると、美しく黄色い卵焼きがたっぷりと挟んである。玉子サンドとだけいうと珍しくもないが、一口食べて私は、びっくりした。

なぜなら、この卵焼きは、よくサンドウィッチに入っている塩味のオムレツでもスクランブルエッグでもなくて、それこそこってりと甘いお菓子のような卵焼きだったからだ。さらにそこに、またたっぷりとマヨネーズが塗ってある。私がびっくりしていると、イコマ君は、口の端で笑いながら言った。

「なんや、これがうまいんや。この甘い卵焼きと、マヨネーズな、これに限るで、おやつは」

そう言って、彼は得意満面でぱくぱくと食べ始めた。

むろん私もすぐ後に続いたが、いや、実際それは彼の言う通りで、まことに美味《おい》しいものであった。卵焼きの甘さと、マヨネーズの塩味と、そして酸味と、これが絶妙のトリオとなっている。

以来私は、今に至るも卵焼きのサンドはこの味を踏襲《とうしゅう》している。

そして十何年か経ち、私は信州の別荘でぶらぶらと夏を過していた。そのとき、おやつの菓子が払底《ふってい》して、弱ったなと思いつつ冷蔵庫を見たら、町の和菓子屋で買ってきた漉《こ》し餡《あん》が残っていた。

そこで、天啓のように閃《ひらめ》いたのだ。

甘さ、塩味、酸味、この「三位一体」こそ美味の王道だとすれば、なにも卵焼きでなくても、あんこでもよろしかろう、と。われながら良い智恵であった。

さっそくそれを作ってみると、まことに美味しい。当たり前だ、味の王道を行っているのだから。

かくてわが「あんこまパン」は発明されたのだが、その前段階にイコマ君の玉子サンドがあったとは、元祖のイコマ君もご存知あるまい。

畑中先生、実はそういうわけで、あんことマヨネーズの組合せを思いついたのでございます……そうお答えしたくとも、先生はもう天に帰されてしまった。

午前九時のタマゴ入り味噌汁

椎名誠

前の日の晩めしの残り物をどうするか、という問題がありますね。

我が家は夫婦二人暮らしなので互いに（つまり別々に）よく旅に出てしまう。旅にでるといっても江戸時代じゃないから東北や九州あたりにいってもせいぜい三泊ぐらい。テキ（妻の別称、わかりますね）が出掛けるときは三日ぐらい過ごせるようなおかずの材料をわかりやすく買っておいてくれる。

でも初日の朝は、前の晩の残り物がないかまず探します。いちいち自分で作るのは面倒だからね。

一番ありがたいのは味噌汁《みそしる》だ。これさえあればなんとでもなる。

老夫婦二人暮らしだと一合のコメを炊いても、朝にごはんを食べるのはぼくだけだから四分の三ぐらいは残る。これを何個かオニギリにしてラップかけて冷蔵、もしくは冷凍にしておく。で、電子レンジを使うと一分もしないうちにホカホカ炊きたて状態になる。最近のガクは便利なものですなあーとわしは明治のヒトか。これを我が家では「ごはん玉」と呼んでいる。沢山作って投げあうと「ごはん玉合戦」になります。合戦してどうする。

まあ、今朝は一人だからなんでも好きなようにしていい。冷蔵庫をよくみるといつもの「生野菜もりあわせ」に「納豆」があり、そのほかあとは自分でなんとかしなさいというのだろう「めんたいこ」「鮭のカスヅケ」「いくら醤油《しょうゆ》漬け」「シラス干し」「焼きのり」などがある。

しかしぼくはそういうものたちのユーワクにはまけない。まず火を通さなければならないものは避けたい。それらはほかの日（三日しかないけど）にいくらでも回せるではないか。

そしてそういうときに「ゆうべの残りの味噌汁」がピカピカ光ってくるのだ。

ぼくは「ワサビ漬け」が好きなので自分の部屋のどこかにお土産で貰《もら》ったソレを置いておいたのを瞬間的に思いだす。別に妻（じゃなかったテキ）に隠していたわけではない。なんとなくほうりなげていたのだ。

「ようし勝った！」

なにが勝ったのか自分でもわからないが「シンプルイズベスト」が頭にチカチカする。

ぼくは味噌汁の鍋にガスの火をつけた。ほうれん草と小さく切った豆腐とアブラアゲが具であった。「うふふ」とぼくは笑う。

朝九時（ぼくは夜中に仕事しているのでだいたい寝坊なのだ）に台所で味噌汁の鍋の蓋《ふた》をあけて「うふふ」などと含み笑いをしているおじいさんを思い浮かべてほしい。にわかに鍋からふきあがってきた湯気で白髪の老人になってしまいましたとさ、と言われたいがまだ「黒髪六割り対白髪三割り」ぐらいだと思う。あれ！　一割りどうなってしまったんだ。ま、そういう政党もよくありますな。

同時に例の「ごはん玉」を電子レンジにいれる。タイマーは一分とすこし。

確かめているうちに味噌汁が早くも煮立ってくる。そこにぼくは秘伝の生タマゴ一ケを投入。いや別に秘伝でもなんでもなかった。たかがそこらの生タマゴである。しかしお言葉ですが、田舎の集落ではないからそこらに生タマゴは落ちていません。

田舎の集落のヒトも「わたしら決してそこらに生タマゴを落としたりしません」というで

あろう。いやすまなかった。どうしたらいいのだ。

狼狽《ろうばい》しつつも、とにかく生タマゴ一ケを味噌汁に投下。

このあとが大事なんですねえ。あまり早くガスの火をけしてはなりませぬ。これはそのむかし戦乱の頃、玉子姫がおっしゃったことなのです。いや戦乱はとくに関係ないのです。ちょっと早く火を消してしまうと味噌汁のなかでタマゴは煩悶《はんもん》します。

鍋の上で殻を割られ、いきなりアチアチの味噌汁の中に降下されたとき姫は覚悟したのです。「こうなったらわらわは立派な落としタマゴになってみせようぞ」。

そう覚悟を決めたというのに火力が急に衰えてしまったではないか。このままでは白身も黄身も区別がつかないふがいなくも面妖《めんよう》なるゲル状物体になってしまうではないか。

この恨み、末代まで……。

などという遺恨を残さないように黄身がある程度の粘体物質になるまで火をとおさねばなりませぬ。オババもそう言っています。とはいえ、いつまでも煮ていてはいけませぬ。

黄身も白身もほどよく固形化しつつある少し前に火をとめなければなりませぬ。

アレ？　どうしていつの間に戦国合戦時の味噌汁になってしまったのだ。

現実に戻ろう。

ごはんはホカホカ状態に戻っている。

味噌汁の中にオタマをそっといれて、もともとの具と一緒にちょうどいい具合になったタマゴを汁椀にいれます。香ばしいかおり。

もうすでに覚悟して立派な味噌汁タマゴとなったそれをごはんの隣においてみます。

白く輝き、堂々と胸を張ったごはん（昨夜炊いたんだけど）。

そのとなりにそそと寄り添うタマゴ入り味噌汁。もとは武家の娘なれど今は味噌汁後家《ごけ》。

などとは誰も言いはしません。

さっき紐をほどいた山葵《わさび》漬けをかたわらにおいて、このような立派な味噌汁をいただけるわが身を慈しみつつ箸《はし》をつかいます。

わたしは、こういう朝食が世界で一番おいしいと断言します。

「一粒の米にも万人の労苦を思い……」

うちの妻（テキ）は孫が家にやってくるとごはんを食べる前に必ずそのようなことを言い、タマゴじゃなかったただのマゴに唱和させせます。

一ケのタマゴには万人はかかわらないかもしれないけれど、午前九時の老人はコケコッコーなどと高く叫びつつきっぱり感謝するのです。

ポテトとタマゴ

田中小実昌

昨日の夕食には、めずらしく、ジャガイモがなかった。一昨日の夕食には、ポテト・サラダがあり、残りものの肉ジャガもあった。ポテト・サラダは冷蔵庫でひやしてあっておいしかったが、残りものの肉ジャガのほうをたいらげた。だって、ぼくのために、女房はジャガイモの料理をするんだから、ぼくも、ジャガイモを食べるほうの責任がある。

ジャガイモに、ぼくは、かならずタマゴを食べる。昨日の夕食は、ひき肉にモヤシなんかもはいったオムレツだった。一昨日の夕食には、芙蓉蟹《ふようはい》があった。グリンピースの季節はすぎたが、タマゴのきいろみにグリンピースのみどりはおさないやさしさで、庭からとってきのだ。

たパセリの風味もよかった。

毎日、ジャガイモとタマゴで……しかも、ぼくは酒飲みなのだ。昨夜は、ガメ煮もあった。

これは、骨つきのちいさなトリ肉に、ゴボウ、ニンジン、コンニャクなどを、醬油《しょうゆ》で煮たものだ。

ぼくの女房は九州育ちで、九州の田舎料理なのだろう。ぼくの母も、このガメ煮はつくった。母と女房とのおなじ料理といったらこれぐらいかな。

ガメ煮には、季節により、里芋、タケノコ、蓮根《れんこん》をいれる。今はゴボウがおいしいときだ。前は、蓮根といえば、たいてい糸をひいたものだけど、近頃は、糸をひく蓮根などお目にかかったことがない。

それに、昨日の夕食は、平目のムニエル、納豆、大根おろし、あ、味噌汁《みそしる》もあった。めずらしく、お豆腐の味噌汁で、裸になって、タオルで汗をふきながら、味噌汁を飲んだ。

酒は、山梨市から一升壜《びん》で百本とりよせているワインではじめる。これは、白でも赤でもローゼでもないワインで、もとは、かなり野性味のあるワインだった。

そして、ワインを四合ぐらい飲んだところで、風呂にはいり、風呂からあがると、ジンの炭酸割りにきりかえる。炭酸はちょっぴり。

ここで、上の娘か下の娘が、目玉焼などをつくってくれる。そして、つくりながらなげく。

「オヤジ、タマゴの食いすぎだよ。コレステロールおおいんだろ」

先日、中国の南寧《なんねい》でふしぎなおいしいオムレツを食べた。タマゴを十ぐらいつかったプレーン・オムレツなのだが、パイの皮のように、オムレツにやわらかいところとこしがあるようなところがまじってるのだ。しかも、それが、とろっとやわらかくとけあって……。きいろがあざやかなオムレツだった。中国のタマゴの黄身は、ちゃんときいろいのよ。

新宿歌舞伎町の路地の「三日月」のオムレツもおいしい。ただし、タマゴをたくさんつかわないと、おいしいオムレツはできないそうで……コレステロールよ、どうしよう？「三日月」の生のジャガイモからの野菜いためもおいしい。

卵物語

阿刀田高

私たちは、他人の非を責めるに急で、ほめることはたいてい忘れている。

こう書いてみて、私自身、なんとなく山本夏彦さんになってしまったような気がするけれど、だれが言おうとこれは真実です。

とりわけ私は食卓の鶏卵を見るたびにそう思う。

正確な統計を持っているわけではないけれど、戦後数十年もっとも値上がりのしなかった商品は、卵ではあるまいか。実感として私はそう考える。細かく調べれば、ほかにも負けず劣らず値上がりのしなかった商品があるだろうけれど、これほど身近にある商品の中ではめずらしい。少なくとも卵は、値上がりしなかった商品の代表選手数名に属する資格くらい充分に持っているだろう。

昭和三十二、三年、私は浦和市の郊外に住んでいたのだが、近所に卵を売る専門店があって、毎日のようにそこへ買いに行った。肺結核の予後だから卵はただの食品ではない。命がかかっている。だからよく覚えている。

薄暗い店先にダンボールの箱が四つ、五つ並んでいて、ひとめで大きさの異なる卵が分類して入れてあった。13円、14円、15円、16円などと記してある。卵一個の値段である。

——13円と16円と、どっちが得かな——

などと、卵の丈を計り、三乗して体積の差と値段の差がほどよく折りあっているかどうか、微妙な問題を確かめてみた。

卵の値段はその後しばらく変らなかった。17円、18円、19円、ずっと十代の〝若さ〟を保っていた。私がサラリーマンになったばかりの頃も、結婚したばかりの頃もそうだった。二十円になったのでさえそう遠い昔のことではない。昨今はヨード卵だの有精卵だの、少々高めのものも出まわっているけれど、まあ、三、四十円くらい。昭和三十年の頃と比べて値段が三倍にしかなっていない商品がほかにどれほどあるだろう。

これは、やはり、卵の生産にたずさわった人たちの功績だろう。ちょうどうまいぐあいにそういうふうになる商品であった、という側面もあるだろうが、なにはともあれ結構なことです。

いつか〝週刊文春〟掲載の、糸井重里・萬流コピー塾を読んでいたら、

〝意外に思われるかもしれませんが、タマゴは今でも鶏が一つずつ作っているのです〟

とかいう作品があった。

なるほど。生産の基本的な方法が変ったわけではない。鶏を取り囲む設備と流通機構が変っただけだろう。

主婦連かどこか日頃商品の値上がりに激しい抗議を繰り返しているグループは、たまには卵の生産・流通にたずさわる人たちに対して、

「よく頑張りましたね」

と大々的にほめてあげてもいいだろう。

すでに表彰したことがあるのかもしれないけれど、あまり聞かない。だれも知らない。知られないのなら、やっていないに等しい……なんて、またしても、ここらあたりは山本夏彦調。へそ曲がりの正義を主張しようとすると、このごろはどうしてもこうなってしまうので

す。

卵料理のなかでは、私は卵かけ御飯が一番好きである。

「それが一番なの？」

あきれ顔で美女に尋ねられたりすると、

「いや、もちろん、その……オムレツも好きだけど……。おいしいオムレツって、作るのがむずかしいらしいですね」

あわててごま化す。

おいしいオムレツも実在するが、卵かけ御飯は簡にして美味。卵そのものの選択さえまちがわなければ、これはあまり料理人の腕に影響されない民主的なメニュー。丁寧に割って撹《かく》拌《はん》し、醬油《しょうゆ》少々、化学調味料少々。たくさんかけ過ぎてはいけない。少な過ぎてもいけない。

卵の選び方は、まず新鮮なこと。これは割ったとたんに、ルノアールの乳房みたいに黄身がまるく盛りあがるのがよい。卵のお母さんなる鶏は、農家の庭先で「トットットット」などと鳴きながら駈《か》けているのがよろしい。

いつか鳥鍋の老舗《しにせ》〝ぼたん〟のご主人からうかがったのだが、

「たしかに庭先で飼ったような鶏はおいしいんですけど、これから先はどうですかねえ。若いかたがたは、ブロイラーの軟らかい肉になれてしまって、庭先の鶏じゃ堅くてなじめないんじゃないでしょうか」

という話だった。

が、これは鶏肉の話。卵はやはり庭先で飼っているような鶏から生まれたものが永遠に、断然うまい。

昔は、鶏を一羽、首に縄《なわ》をつけ、そのままぶらさげて持って来るようなお歳暮が、よくあった。熱湯をかけて羽をむしり、あとは大きな卓袱台《ちゃぶだい》の上に新聞を敷き、まな板を置き、いくつも皿を並べて母が裂く。砂ぎもに包丁の先などが触れようものなら大変だ。肉全部が臭くて台なしになってしまう。

よい肉、悪い肉、皮、内臓などがそれぞれの皿により分けられていくのを、幼い私はそばにすわって眺めていた。そしていつも、

――お母さんは偉いな――

と思った。

雌鶏《めんどり》を裂いたときは、卵の黄身が体内に数珠《じゅず》つなぎになって用意されているのを見て驚いた。本物の数珠玉はおおむね同じ大きさだが、体内の黄身は、明日の予定あたりから始まって、徐々に小さくなり、豆粒のようなものまで並んでいる。

イソップ物語に、黄金の卵を産む鶏を殺す話があったけれど、

――あのときも、中はこうなっていたのかなあ――

と、馬鹿らしいことを考えた。

今、思い返してみると、卵の殻は、いつ、どこで作られるのか。黄身のほうは流れ作業みたいになっているし……そう、白身は形状から察して下腹のどこかで充分に作れそう。だが、外側の包装はどこでするのか。どなたもご存知の通り、卵の外装は単純にして優美、精巧な芸術品である。

百科事典を調べてみたが、書いてない。空気に触れたとたんパッと外側が固まる、そんなメカニズムを想像してみたが、卵はたしかお母さんのお尻《しり》を出るときから、キチンと殻をかぶっている。どうもわからない。

卵料理さまざま

阿川弘之

鎌倉書房の季刊誌「四季の味」が、「玉子焼き十人十色」という、見るからに美味《おい》しそうな特集をしたことがある。筆者は男二人女八人、それぞれ御自分が得意の卵料理を、写真入りで披露していた。これを見せて、

「どれが一番食べたい。君なら何を作ってみせる」

相手構わず質問すると、それこそ「十人十色」の答が返って来る。

「ふうん。そうかね」

「そうかねって、じゃあアガワさんは?」

私は、最初「四季の味」のその頁《ページ》を開いた時から、室生《むろう》朝子《あさこ》「金沢式の玉子焼」に一番魅力を感じていた。

エッセイ本文と編集部の「つけたし」を併せ読むと、京風のだし巻とちがってだしは加えず、酒だけ少量入れて、やや噛《か》み応《ごた》えを感じる程度に焼き上げてある。それでも、カラー写真を見れば、中心部にしっとりとした柔らかみが残っているようだ。女流作家室生朝子女史は、毎年々末、新春号の原稿執筆より、これを焼く仕事の方が忙しいらしい。全部で四十本ほど巻き上げて、親しい人たちに届けるのだという。暮近くなると、友達から用も無い電話が掛って来る。今年も又ねの、「言葉に現わさない玉子焼の催促」と分るので、作る方は内心嬉《うれ》しいのだと――。

あらためて書くにもあたらないが、朝子さんは室生犀星《さいせい》の長女、名作「杏《あんず》っ子」のモデル、晩年癌《がん》で再入院し、日に日に食欲を失って行く犀星先生が、形ある食べ物として最後に口にしたのも、杏っ子作るところの玉子焼だったそうだ。その作り方を、朝子さんは金沢生れの母上から伝授された。やはり金沢は、京大阪と並ぶ我が国伝統食文化の中心地の一つ、一度食べてみたい、よっぽど旨いらしい、そう思うけれど、私は室生家へ年末無用の電話を掛けて無駄話が出来るほど昵懇《じっこん》な間柄でないので、朝子さんお手製の金沢式玉子焼のほんとうの味は知るすべが無い。催促しているのではありませんよ。知らないまま終るのも亦《また》よしと考えている。「恋の至極は忍ぶ恋と見立て候。逢《あ》いてからは恋のたけが低し」という「葉隠《はがくれ》」の言葉を借《か》りるなら、味の至極も、物によっては「一生忍んで」（少し大袈裟《おおげさ》だが）、長く想像上の余韻を残して置く方が味覚のたけが高いか知れない。

それより、十人十色の卵料理、自分なら何を作るか。「四季の味」のあの欄へ十一人目の筆者として登場させられたら、室生朝子さん始め他の人の品々と較べて、味、見た眼の美しさ、それほど遜色《そんしょく》無い何が自己流に拵《こしら》えられるか、考えた末行き着くのは結局木犀肉《ムーシュイロウ》である。「自己流」と言ってもむろん、本家の中華民国に古くから伝わる家庭料理だが、大学生の頃味を覚え、戦後家庭を持って以来うちで作ることになり、段々我流に変化してしまった。それを、今もよく晩の献立の中へ加える。作り方簡単だし、若き日の思い出がからんでいて、なつかしいまろやかな味がする。出来上りは、名前の通り、皿の上へ金もくせいの花を散らしたように、炒め卵のぽろぽろがたっぷり散らばっていればそれでよろしい。

中野駅の南口を出て、線路沿いの坂を上り、ごちゃごちゃした狭い道、少し左の方へたどって行くと、薄汚い暖簾《のれん》をかかげた小さな中華料理店「萬華楼《ばんかろう》」があった。昭和十二年の夏、支那《しな》事変が起るまで、中野高円寺のあたりには、中華民国からの留学生がたくさん住んでいた。その人たちの口と財布に合う一膳飯屋《いちぜんめしや》、つまり味を日本人向けに崩していない、安くて旨い簡易中華食堂があちこちにあり、やがてお客さん激減で店をしめてしまうのだが、「萬華楼」はそれの、僅《わず》かに残った一軒だったろうと思う。住まいが荻窪の私は、本郷への往《ゆ》き帰り、中央線沿線の友人連中と誘い合せて、三日にあげず此《こ》の店へ通った。すぐ近くに、法学部蠟山《ろうやま》政道教授（正確には元教授）の邸《やしき》があった。其処《そこ》の長女雅子さんが後年嶋中家へ嫁いで中央公論社の社長夫人となり、その社が敗戦後十四年目、「世界の家庭料理」シリーズを出版して、私と、雅子夫人の同窓後輩にあたるうちの女房に木樨肉の正式な作り方を教えてくれると、そんな将来の因果関係なぞ当時知るわけが無いけれど、私どもは、河合《かわい》栄治郎事件に抗議辞職した蠟山教授にシンパシーを抱いていて、先生の名前政道のもじりで此処《ここ》の通りを蠟山街道と称した。

午後の講義を控えて早昼を食べに行くと、その蠟山街道を通って「萬華楼」へ入って来る、或《あるい》はすでに入って坐《すわ》っている日本人の常連が私たちの他に一人いた。背広姿に中折帽《なかおれぼう》、身なりはきちんとしているが、未《ま》だ独身らしい。殆《ほとん》ど毎回出会うのに、年恰好《かっこう》我々より七つ八つ上のその白面の青年は、こちらへ視線を向けることを一切しなかった。出された物を独り黙々と食いながら、持参の新聞を拡《ひろ》げて、隅々までただ熱心に読んでいる様子であった。註《ちゅう》文《もん》する料理も「十七番」一つと決っていた。

蠟山教授が東大を辞めたのが昭和十四年、私どもの「萬華楼」通いはその翌年翌々年の話で、戦争の気配が近づいており、食糧事情は追い追い悪化し、此の店へ来たら、壁に貼り出してある菜単《ツァイタン》の中から、限られた数の、時には「出来ません」と断られる料理を、誰もが番号で註文するしきたりになっていた。

十七番しか取らないから、「十七番さん」と私どもの間で綽名《あだな》をつけた素姓不明の此の青年紳士が、のちに「余録」の執筆者として名高くなる毎日新聞論説委員の古谷綱正《ふるやつなまさ》氏、古谷さん若き日お好みだった十七番がすなわち木樨肉である。ただし、「萬華楼」の菜単には確か木須肉と書いてあって、我々「ムースーロウ」と発音していた。十七番木須肉は、私にとってもすこぶる気に入りの、いつ出なくなるか心配な一と品だったこと、言うまでも無い。

五十八年後のこんにち、思い出の中のその木須肉と、手元にある中央公論社版「世界の家庭料理」シリーズ中華料理篇の木樨肉とを較べてみると、前者は具が少く、如何《いか》にも卵料理然としていたのに対し、後者は入れる具が大変多い。「卵3個、豚肉120g」は当然だが、他に葱《ねぎ》、生姜《しょうが》、椎茸《しいたけ》、筍《たけのこ》、きくらげ、ほうれん草を炒め込めと書いてある。なるほど、豊かな時代が来て、これが本当の木樨肉かと、初めはお手本通りに作っていたけれど、そのうち我が家では段々、具を少くするようになった。先《ま》ず菠薐草《ほうれんそう》を除外し、次に椎茸筍を入れるのをやめ、葱の量、肉の量も減らした。中野の十七番へ逆戻りする感じだが、必ずしも懐旧《かいきゅう》の情からではない。その方が卵の味と色が引き立って、前述通り、もくせいの花を散らばしたような、美しく好もしい仕上りになる。ただ、きくらげだけは外せない。人の耳のぷるぷるに似ているので、中国語で木耳《ムーアル》という此の、ぬるま湯もどしをした乾燥茸《きのこ》は、木樨肉によく合って、何が何でも入っていなくては困る私の好物なのである。

さて、具体的作り方だが、支那鍋の中の油がほどほどに熱くなったところへ、といた卵を流し入れて、サッと掻《か》きまぜ、手早く別の容器に取り出して置く。味つけは塩少量のみ。そのあとすぐ、もう一つの支那鍋で熱した油の中へ、大蒜《にんにく》、生姜、葱、豚肉、木耳の順に抛《ほう》り込んで、酒と醤油《しょうゆ》と塩胡椒《こしょう》で味をととのえると、それ自体一つの惣菜《そうざい》として使えそうな豚肉の葱炒めが出来上る。これに、先の掻きまぜ卵の未だあつあつを合せて再度炒め上げたのが、長年の間に変化した当家流木樨肉、難しいのは二度の油炒めで卵のきれいな色を薄黒くよごして了《しま》わないこと、じくじくの部分を少しでも多く残して置くことの二つであろう。

大体、固くなり過ぎた卵料理は不味《まず》い。オムレツでも目玉焼でも、日本風の煎《い》り玉子でも同じだと思うのに、アメリカへ行くと明々白々な此の事実が無視される。ホノルルのカハラ・ヒルトンは、代替りする前、全米有数の佳《よ》いホテルで、私も何度か泊ったことがあるけれど、朝食のオムレツにだけ閉口した。いくら念入りに註文をつけてみても、中までしっかり焼けた、どてッと分厚い、干物みたいなプレイン・オムレツしか出してくれないのだ。

その上近頃、加熱不充分の雞卵《けいらん》はサルモネラ菌に汚染されている、中毒患者が急増していると警告が出て、こうなるとアメリカは徹底した衛生第一主義で、茹《ゆ》で卵の柔《やわ》いのすら食べられなくなった。昔、対英米五・五・三の軍縮問題が国論を二分していた頃、早朝私邸へ談話取りにあらわれる新聞記者に、ストップウオッチを出して見せ、「今スリー・ミニッツの茹で卵を作っているところだから失敬する」と追い払った海軍の将官があったそうだが、アドミラル仰《おお》せの通り、旨いのは三分、四分、せいぜい五分まで、「ハードボイルド」が洒落《しゃれ》た流行語として通用するのは推理小説の世界だけである。その点、何処《どこ》へ行っても生卵、半熟卵、中のじっとり柔いオムレツ、今尚《なお》自由に食べられる日本の国を、有難いと思わねばなるまい。今年に入って、朝日読売その他各紙、サルモネラ菌汚染の件を報じ始めたから、いつアメリカ並みの規制が始まるか分らないけれど——。

フランス人はどうしているのだろう。中毒患者の発生率と、オムレツや茹で卵の旨い不味いとを秤《はかり》にかけたら、思案の末、彼らは結局危険承知で、伝統の味の方を取るのではなかろうか。思い出すのは石井好子さん著「巴里《パリ》の空の下オムレツのにおいは流れる」、宿のマダムが「夕食にしましょうか。今夜はオムレツよ」、好子さんに声を掛けて、台所で、熱したフライパンに驚くほどの量のバターを入れる。よくとかした卵が流しこまれて、やがてふんわりと形を成して来る。「そとがわは、こげ目のつかない程度に焼けていて、中はやわらかくまだ湯気のたっているオムレツ」、オムレツって何て美味しいものだろうと、好子さんがしみじみ思う。

もっとも、彼女がパリの劇場で歌っていた昭和二十九年当時は、洋の東西を問わず卵その物が旨かったのである。何年かのち、

「此の頃の卵は不味くなったねえ」

私が言ったら、

「卵に旨い不味いがあるかい」

近藤啓太郎が驚いたような顔をしたが、察するに、千葉県鴨川《かもがわ》の住人近藤は、みみずや地

虫や貝殻の破片を啄《ついば》んで育った地鶏《じどり》の卵ばかり食べていて、養鶏場《ようけいじょう》で大量生産される卵の味を知らなかったのだと思う。「吉兆《きっちょう》」主人の湯木《ゆき》貞一《ていいち》老が、晩年、

「この頃はなんでも、ものがおいしくなくなってきましたが、なかでも玉子はとくに、おいしくないようですね」

と嘆いている。料理にしても、黄色味が薄くて、美味しそうな玉子色にならない、仕方がないからうちでは、「巻き焼き」を作る時、五つ卵を使うなら、黄身は五つ、白身は二つ減らして、黄白五対三の割で作っている、と。

それやこれや考えると、十人十色の玉子焼も、当家の木樨肉も、どんな卵をどう使うかが、調理法より先の問題になりそうな気がする。その意味で、「十人」のうち一番はっきりしていて羨《うらやま》しく感じたのは、「いわゆる脱サラ農家」の主婦中村あをいさんの記事であった。山羊や兎《うさぎ》や鵞鳥《がちょう》を飼い、山羊の乳でチーズも作り、自家製チーズの卵巻きを読者に紹介しているのだが、「今日ここに使った卵は、自由に庭を走り回っている合鴨やチャボが、床下や山羊舎の藁《わら》の上に産み落としたもの。わが家の卵は放っておくと皆ヒヨコになってしまいます」のだそうだ。

ちなみに、「四季の味」が「玉子焼き十人十色」の特集をしたのは今から十年前、昭和の

時代の終った年の春四月、それの出たのとほぼ時を同じゅうして古谷綱正さんが亡《な》くなる。同じ年の秋、古谷家と親しく、戦前の「萬華楼」を御存じだった谷川徹三《てつぞう》先生が九十四歳で亡くなる。卵料理の物語にも諸行無常の響あり、五年後の平成六年には、鎌倉書房が倒産する。「四季の味」も自然廃刊になったが、幸い、引き受けてくれる版元があって此の雑誌だけは復活し、前と同じく春夏秋冬年四回、前と同じ体裁で刊行がつづいているのを、味の伝承の上でせめてものことと思いたい。

優雅なるカニ玉

威風堂々の黄金色に陶酔

小泉武夫

街の中華料理店の前に交差点があって、信号が赤に変わったのでしばし足止め。ちょいとショーケースをのぞくと、ラーメンやニラレバ炒め定食などの中にカニ玉定食があった。カニは缶詰でも高価なので、珍しい定食だなあ、なんて考えながら見ていると、信号は青に変わったので横断歩道を渡った。

しかし希代《きたい》の喰いしん坊の我が輩、久しぶりにカニ玉の3字を見たらもうそれが脳裏から離れず、その週末には我が厨房「食魔亭」でつくって賞味した。いやはやうまかったですなあ。

材料はカニ缶1個、干ししいたけ2個、ネギ半本、グリーンピースだけである。カニ缶は格安の「ほぐし身小缶50グラム」、グリーンピースは冷凍ものを使った。酒の肴《さかな》と飯のおかずで賞味しようと、少々多めだが卵は6個使った。

まず干ししいたけを水でもどして千切りし、ネギも同じく千切り、解凍したグリーンピースを大さじに3杯ほど。これらを少量の油でさっと炒めておく。卵6個を割って、そこに塩小さじ半分、醬油《しょうゆ》小さじ1、ゴマ油小さじ1を加え、よくかき混ぜる。そこに軟骨を除いてよくほぐしたカニと、炒めておいた材料を加えてよく交ぜ合わせる。次に、油を少し多め（大さじ2）に敷いたフライパンを熱し、そこに交ぜ合わせたものを入れて手早くかきまぜて、半熟程度にしてから裏返し、最後にあん（出汁カップ半分、酒、砂糖、醬油各大さじ半分、ゴマ油小さじ半分、片栗粉小さじ1）をトロリとかけてひと煮して出来上がり。

それを崩さぬようにフライ返しを使って真っ白い大皿に移した。我ながら最高の出来具合で、デンと横たわっているそれは威風堂々として、全体が黄金色。その中にカニ肉の赤い色が点々と散らばり、さらにグリーンピースの緑色がひときわ全体の色を浮き立たせている。

大きな匙《さじ》でザクザクと切り分け、その一つを取り皿に移してから匂いを嗅《か》いだ。鼻孔からはすかさず甘ったるく、そして香ばしい卵焼きの匂いとカニからの官能的芳香が抜けてきた。

たまらずそのカニ玉をスプーンで思い切り、いっぱい取って口に入れて嚙《か》んだ。

口の中で卵からの甘く上品なうま味と、カニ身からの、これまた甘いが優雅なうま味がチュルルチュルルとわき出してくる。さらにさらに嚙み続けると、カニ玉はもうトロトロペトペトとなり、奥からは肉欲的な妙味がピュルピュルとわき出てくる有り様であった。

そのカニ玉を肴に、純米酒の辛口を熱燗《あつかん》で飲《や》った。たちまち酒は胃袋周辺を熱くし、カニ玉は舌を踊らせ、心は次第に陶酔気分に陥った。そのあとのカニ玉のぶっかけ飯も、気が遠くなるほどうまかった。

炒り卵

檀一雄

今回は中国風のお惣菜《そうざい》だが、これを盛ると、見た目にも美しく、小皿に取り分ければ、ちょっとした箸《はし》休めだとか、酒のサカナだとかに、おあつらえ向きの、おいしく、しゃれた、卵料理を紹介しよう。

中国料理というより、何だか、日本料理といった方がふさわしいような、気がきいたお惣菜だ。

もともと、中国では「金木犀」と呼ばれる料理だが、よろずコケオドシの名前が多い中国料理の中で、この「金木犀」だけは、これを上手に仕上げれば、散り敷いた金木犀《きんもくせい》の花びらのような美しさと、いろどりになる。

仕上げそこなうと、蛆《うじ》が這いまわったようなテイタラクになるから、こまめに、丁寧《ていねい》に、炒《い》りつけてもらいたい。

いってみれば、貝柱と、タケノコと、鶏卵のソボロのようなものである。

貝柱は、北海道の帆立貝の貝柱でも、九州のタイラ貝の貝柱でも、どちらでもよろしいが、乾したものを買って来る。

カチカチに乾し上げた貝柱を私はデパートでいくらでも見掛けたが、まさか、正月用だけのものでもないだろう。

さて、鶏卵五個を炒りつけるとして、貝柱の五つ六つもあったら充分のはずだ。

ただ、貝柱をもどすのに、少しく時間を要するから、よろず怠け心の日曜料理亭主殿も、せめて土曜日の夜の、飲み残しの酒ぐらい、貝柱にかけてやっておくがよい。

これは、酒落《しやれ》や酔興《すいきよう》でいっているのではありません。

乾した貝柱五つ六つをコップにでも入れて、その上からヒタヒタの酒をかけておくのである。酒がそんなに借しかったら、せめて貝柱が半分ひたるくらいの酒をかけ、あとは、熱湯をでもかけ足しておくさ。

さて、日曜の午後になる。

酒を吸った貝柱を小さな手鍋に移し、水を少々足して、弱い火でコトコトと煮よう。煮つまらないように水を足すだけであって、貝柱が、ほどよく煮え、その貝柱が、指先で、うまくほぐせるようになったら、火をとめる。

貝柱全体を、一本一本の繊維に裂きほぐすぐらいの意気込みで、細かに裂いてもらいたい。ここでくじけて、女房の応援を仰ぐようでは、蛆が這いまわったような泥んこの「金木犀」になりますぞ。

次にタケノコを、ときほぐした貝柱と形をそろえるくらいの意気込みで、細いせん切りにする。

何のことはない。タケノコの根の方から、包丁で皮をむくあんばいにカツラにむいて、そのカツラにむいた帯状のタケノコを、繊維にそいながらせんに切るだけだ。

さっきの手鍋の中に貝柱の煮汁が残っているだろう。その中へ、ほぐした貝柱も、タケノコも入れて、卵五個を割り入れる。砂糖と塩で味をつける。その塩加減は、自分の好みに従ってやってみるのが一番だ。失敗は成功のもとというだろう。

次に片栗粉を小さじ一杯加えるがよい。全体をよくまぜ合わせる。

中華鍋にラードを多いめに入れ、手鍋の中のもの全体を一気に流し入れる。よくまぜ、よく炒り、焦げつかせず、団子にせず、ここを先途《せんど》と奮闘してもらいたい。

散り敷いた金木犀の花片のように黄色くサラサラに仕上げれば万歳だ。

私はずるいから、最後は電子レンジで仕上げるのである。

炒り卵

材料

卵　5個
干し貝柱　5個
ゆで筍《たけのこ》　ほぐした貝柱と同量
片栗粉　小さじ1
ラード　大さじ3

酒、砂糖、塩

作り方

一、貝柱は、ひたひたの酒に浸して、一晩おく。

二、一を小鍋に移して水少々を足し、弱火でコトコトと煮る。十分にやわらかくなったら、繊維を一本一本ほぐすように細かく裂く。煮汁はとっておく。

三、筍は、ほぐした貝柱と同様の細かいせん切りにする。

四、二の鍋の煮汁に、貝柱、筍、割りほぐした卵を入れ、少量の砂糖、塩で薄めに調味し、片栗粉を加えて、全体をよく混ぜ合わせる。

五、中華鍋にラードを熱して、四を一気に流し入れ、焦げつかせないようによく混ぜながら、中火でサラサラを目指して炒りつける。

コロンブスの瓢亭卵

荻昌弘

料理、などとはおこがましくていえたものではないが、私が食いものを男の手でも作りはじめた最初は、じつは仕事がら、深夜ひとりで原稿にむかう間の空腹を、サンドイッチなどでみたそうとしたためだった。ごく平凡な動機である。

ダグウッド・サンドと俗にいう、よくアメリカのデリカテッセンででる、パンの上にあらゆる種類のハムやレタスの葉やソーセージや穴あきチーズをもりあげるあれだが、近ごろは年齢《とし》だな、ああいう味のごたごたしたものは、さして製作欲がわかなくなった。「バウルー」という、なかにサンドイッチをぎゅっと挟んで、ガスであぶり焼く「洋風たいやき器」あり。

この押焼サンドは、味がバタくさいので若い者ほどやたらウマがる。二週間、連日これを自作して会社へ出た、という独身サラリーマンにあったが、私のようなおっちゃんになると、もうとてもそんな根性はつづかない。

ただこういうサンドイッチなどは、つくる手間じたいが一つの気分転換である。近ごろは電子レンジという便利な器具ができたおかげで、たとえば夜食も、ジャガイモ一個、水洗いして皮のまま、ポンと放りこめば三分後には蒸焼きまがいになるのだから、それで済ませてしまう。これも気分転換のひとつだ。

電子レンジという機械は、まったく気味がわるいほど妙なものだね。パンや餅を入れると、焼けるかわりに、製造時の原型《オリジン》にまで姿や味が還元してしまう。パンなどは、焼窯《やきがま》へ入れる前の状態にまでもどってしまって、食えたものではない。ただし、餅はよろしい。正月、台所に餅がごろごろしている時分は、硬直しすぎた一片をレンジになげこんでまず搗《つ》きたての状態にもどす。それを、樽《たる》からだしてひろげた広島菜の一枚にくるみこみ、醬油《しょうゆ》をつけて夜食とするのがうまい。餅さえよければ、この素朴な辛味は絶品と称すべきものである。NHKテレビを見てたら、経済の番組で、「アメリカで電子レンジが売れるのは彼らアメリカ人の舌が鈍感だからである」などと怪説を得々とぶってる教授がおった。きいたふうなことぬかしよって。ろくにためしてもみずに頭から電子レンジは何でもまずいものと、きめてかかってるこういう舌をこそ、鈍感とよぶのである。

——といって、むろん、拙宅では、私ひとりがサンドイッチや餅をとりしきっているのではないので、台所は、いうまでもなく、二十年つれそったカミさんが、昼夜ちゃんと支配権をにぎりしめてはいるのである。これははたらき者でしてね。たとえば生海苔《なまのり》からゴミをとる、といった面倒な作業とか、食器洗い機などいっさいつかわずに家族全員の肉の皿をあらう作業とか、不平ひとつこぼさず毎朝毎夜やってのける。そうか。キミんとこも、そうかい。

ただ彼女は、想像力の点で私に一歩ゆずるとかねて自認させられてきたので、毎朝、私が原稿をかいてる机の前に来、「今夜は何にしますぅ?」と指示をあおぐわけで、あらァイヤなものだが、人の問いには心からこたえるのが礼儀だから、私も連日、うんちくのすべてをかたむけ、料理名から製作法までを示唆するのである。そのおり、協議が妥結すればよし。「アラ、そんなの材料買いにゆくのが面倒」とでも彼女がいおうものなら、こっちは、頭のなかにイメージをつくらされただけで今や矢も盾もたまらず食い気がもえたってきてるから、やむなく、自分でマーケットへもはしる仕儀となるだけのことである。どっちが内助なのかわからないほど仲がよい。

このカミさんの実力をみなおしたのは、ついに二人の執念と底力で、京都は南禅寺前の瓢《ひょう》亭《てい》から、半熟卵の製法をぬすみとったときであった。周知のように瓢亭の半熟卵は、真ん中から真二つにわれて対に直立しており、しかも、白身は壁になるだけのかたさなのに、なかの黄身はとろとろの粘液状のまま、上をむいている。どうしてあんな形状が可能なのか。何としてでもウチであれをつくってみたい、相手はタカが卵ではないか、できるはずだ、とカミさんに決意をうちあけた。

カミさんを説得するまでには、当然御当地の現物をあらためてオゴらざるをえなくなったが、それからは毎朝台所で、二人は一日一個ずつ卵をつぶしつづけた。私が鍋に温度計をさしいれ、黄身を中心へ集中させるため卵をシャモジでころがしつづけながら、摂氏何度の湯に何分つけるといいのか、を計測する。カミさんは私より器用だから、ゆであがりを冷水の中でむく。できすぎてハードボイルドになることもあり、生卵のままのこともあり、うまくいった途端に水の中でくしゃりとつぶれることもあり、きれいにむけても、立たずに黄身がながれてしまうこともあり。なるほど、老舗《しにせ》三百年の秘伝を素人がぬすむのは容易なこっちゃなかった。

ついに、できたのは三カ月たったある朝であった。データを公開したって簡単にマネられるものじゃないから、書いてしまうが、卵は八十度の湯に六分間、ころがしながらつけるのが、拙宅ではいちばんよい結果になった。それを水中でそっとむき、包丁で白身の両端をそぎおとす。ここが文字通りコロンブスの卵的秘訣である。そして一端を片手でおさえ、真ん中からたちわると同時に、指と包丁の腹とで、左右へスッとひきおこせば、難なく半熟はたちあがるのである。やったやったと夫婦は欣喜雀躍《きんきじやくやく》したが、こんな程度の苦労ではキュリー夫妻とちがって賞はもらえない。

もっとも、この瓢亭卵は、伊丹十三《いたみじゆうぞう》くんも、まったくべつのやりかたでつくるそうですね。氏にいわせれば、当然、氏のつくりかたのほうがウマくできるとのことである。ま、どっちが本物に近いか。評定は瓢亭におまかせ、か。

ふりかえってみると、拙宅ではまあひとさまにだせるものといえば、結局はこのテの、たねもしかけもありようのない単純素朴な食いものか、それでなければ小学生でも根気さえあればつくれる、といった備蓄的食料のたぐいばかりである。拙宅のコーヒーなどは、その朝の気分によって、自分でブレンドした豆か、単品のときはエチオピアを豆からひき、ぐらぐらの熱湯をそそぎ、カリタという簡単な漉《こ》し紙でこすだけのいれかただが、カミさんの手にかかると、エチオピアなど真っ黒な色のわりに非常にマイルドにでるので、たいがいのお客さんが、うむ、これなら、とうなずく。これもただただ簡単な習練をくりかえさせた結果にすぎンのである。

東京神田のすずらん通りに、金寿司という、まァ屋台に毛のはえた程度のスケールのスシ屋があるのだが、ここの良心的なおやじさんは面倒な「ひっかき」をいやがりもせずつくってくれるのがありがたい。マグロの後頭部、あの巨大な塊《かたま》りの脂肪層のあいだへ匙《さじ》をねじこみ、がりがりと肉の細片をひっかきだす、という脂ぎったマグロのミンチ、いわばタータ―・ツナ・ステーキであって、安い食いものだが、うまい首にあたったときなど、こたえられぬ超トロの味がする。

私は、少々ぶしつけだが、この「ひっかき」後の残骸的後頭部を時折払いさげてもらう。家へもちかえるや、このまぐろの首っ玉を、アルミの巨大なズンドウ鍋にいれ、大ぶりの大根の輪切りといっしょに、石油ストーブの上で煮こむのである。四日間は煮つづける。家中が魚くさくなる。これはじつに、ウチへもどるのがイヤになるくらいの、たまらぬ不快さである。マグロの首は、驚いたことに骨までサクサクと風化してしまうが、この、大根と、ほぐれたマグロ肉のうまさは、啞然《あぜん》たるものだといってよい。おやじさんは品をわたすとき「猫ですか?」ときくのだが、ウチにだって多少は猫より魚の味がわかる人間もいるのだからな。見そこなわないでもらいたい。

飛騨の高山へ行くと、特産の味噌《みそ》を朴《ほお》の葉で焼くための、いわば一人用小型七輪を売っている。義太夫《ぎだゆう》の丸本がデザインしてあったりして、質朴でイキな民芸品である。この七輪に小さく炭をおこし、かけた金網の上へ、酒でぬらした昆布を一枚しいて、そこへ、生ガキや蛤《はまぐり》の剝身《むきみ》をのせる。これはうまいぞゥ。いわゆる「松前焼」である。やがてじくじく音がたちはじめるころには、貝へ昆布の味と香りがしみ、醬油で食うだけですばらしい味になる。昆布が熱でかわきかけたら、さらにちょっと酒でしめしてやる。つい食いすぎ、腹をこわしかねないほどのうまさで、真冬の夜、ひとりか、あるいは差しで酌みかわすとき、これほどムードのでるサカナはないとさえおもう。

——こういう単純な食いものや食いかたを、ひとつひとつ、他人様《ひと》からおそわり、ぬすみ、いちばん簡単なところから、じわじわとたのしみのレパートリーをひろげてゆくこと。私のやりかたはそれだけである。近ごろの醬油はマズくなった、と愚痴をこぼすと、かならずだれかが、「ああ、うちでは昆布の切れっ端をなげこんでおきます」とヒントをおしえてくださる。それをおぼえてきて、あとは昆布を日高のにするか利尻のにするか、そこはこちらの好みと工夫である。

気ぬけごはんより卵三題

高山なおみ

卵サンド

スーパーの向かいにあったパン屋さんの食パンがとても好きで、買い物帰りによく立ち寄っていたのですが、去年の春、とつぜん店じまいしてしまいました。張り紙には、「機械と従業員の老朽化のため」と書かれており、30年以上も続いていたお店だったことをはじめて知りました。

開店時間に合わせて、自転車を走らせ、焼きたての食パンで朝食にすることもありました。

なんのへんてつもない食パンですが、庖丁を入れるとイーストの香りがフワッとのぼって、もぐり込みたいほどやわらか。そんな朝は、うちの近所にお気に入りのパン屋さんがあることを、つくづく感謝したものです。

しばらくは、特定のパン屋さんを決めることなく過ごしていたのですが、散歩コースの途中にできた、新しいお店のことが気になっていました。フランス語の名のついた、ちょっとお洒落《しゃれ》な構えなので、なんとなしに素通りしていたのです。

思い切って入ってみると、レジの向こうのガラス越しに、真剣な面持ちで立ち働いている厨房の若者ふたりが見えました。流行《はや》りのパンもいろいろ並んでいるけれど、砂糖をまぶしたねじり揚げパンやカレーパン、昔ながらのメロンパンもあります。

毎朝食べるものなので、「食パンはおいしすぎないのが好き」という夫ですが、ここのもすぐに気に入って、耳まで香ばしいと喜びました。

ちょっと遠いので、買い物帰りにとはいかないけれど、近頃は週に一度の割合で、大きいのを丸ごと1本（3斤分）、散歩のついでに買って帰るようになりました。

まだ温かみが残る食パンは、帰るとすぐに、1斤分を残して厚切りにし、ラップで包んで冷凍します。端っこの耳をとりおき、バナナをくるんでかぶりつくのは私の大好物。

そういえば、小学生の頃、校庭のすぐ裏にパン工場がありました。黄金色に輝いた焼きたての食パンが次々と型からはずされ、棚に勢ぞろいするのを、フェンスに張りついて、休み時間のたびに見とれていました。いつか大人になったら、あの大きな1本を両手で抱え、端からかぶりついてみたいものだと憧れていたのです。

さて、冷凍せずにおいた残りのパンは、翌朝、焼かずにサンドイッチにして食べるのもお楽しみ。

よくやるのは夫の好物の卵サンドで、ゆで卵は庖丁で刻んだりせず、私はいつもボウルの中でひねりつぶしてしまいます（もちろん手をよく洗って）。白身と黄身を分けてからだと、さらにつぶしやすく、ものの10秒でホロホロになります。マヨネーズはゆで卵2個に小さじ2〜大さじ1、かろうじてまとまるくらいの量の方が、卵の甘みがひきたちます。あとはねり辛子を小さじ1/2ほど加え、塩をほんの少し加えて混ぜます。

食パンは6枚分を薄切りにし、バターもマーガリンも何もぬらずに、ゆで卵の具を耳ぎりぎりまでまんべんなく広げます。黒こしょうをふり、残りのパンで挟んだら、3組分のサンドイッチを積み重ね、しばらくおいてから切り分けます。

パセリがあるときには、具に加えることもありますが、細かく刻んだディルを卵サンドの切り口に散らせば、ロシア風になります。

ほうれん草とちくわの煮びたし&卵かけごはん

ひさしぶりにお酒をたっぷり楽しんだ翌日、二日酔いで夕方まで寝ていました。お腹がすいたので、とりあえずお米を磨《と》いで、土鍋でごはんを炊きました。いつもよりちょっとやわらかめに。おかずはほうれん草とちくわの煮びたし。雪平鍋《ゆきひら》にだし汁150ミリリットル、酒大さじ1、薄口しょうゆ小さじ2をお吸い物よりちょっと濃い味くらいに煮立てたら、輪切りのちくわ2本分を軽く煮ます。ざく切りのほうれん草3株分を加えて、くったりしたら火をとめます。

ちょうどその日は、八ヶ岳にいる友人から卵が送られてきていました。ごはんの真ん中にパカンと割り、手紙に書いてある通り、箸《はし》でくずした黄身のところにしょうゆをたらしてかっこみました。よく溶いてふわふわに泡立てた卵ごはんも好きですが、この食べ方だと、黄身のおいしさがよく分かるのに驚きました。

兄の味付け卵

母が病気で入院してしまい、このところ実家のある静岡と神戸を新幹線で往復しています。長いあいだ、母と暮らしていた双子《ふたご》の兄は仕事が忙しく、ほとんど料理をしないため、私が神戸にもどる前の日には、簡単な保存食を作り置きして帰るようになりました。なかでも、いちばんよく作っているのが味付け卵。

ちなみに私の味付け卵のレシピは、酒大さじ1、みりん大さじ3、しょうゆ1/4カップ、水3/4カップを小鍋に合わせて煮立て、ゆで卵5個を加えたら、転がしながら1分ほど煮、粗熱がとれてから冷蔵庫へ（1週間ほど保存できます）。

そんなある日、神戸からもどってきて冷蔵庫を開けると、見慣れない様子の味付け卵がタッパーに入っていました。漬け汁は濃いめのしょうゆ色、ゆで卵も茶色に染まっています。どうやら、見よう見まねで兄が作ったようです。

おそるおそる半分に切って食べてみると、ごま油と唐辛子の風味がほんのり香る白身は、色の割にはほどよいお味。とろりとした半熟の卵黄に、こっくりと味が染み、有名ラーメン店の名物になりそうなくらいの絶妙なおいしさです。

仕事から帰ってきた兄に、作り方を聞いて驚きました。半熟のゆで卵を大きめのタッパーに並べたら、市販のだししょうゆを水で適当に薄めて加え、香りづけにラー油を落として、冷蔵庫で2日ばかり漬け込んだだけなんだそうです。

オムレツを作ろう

村上春樹

ここのところほとんど毎朝のようにオムレツを作っています。前々からオムレツについてはしっかり追究しなくてはと思っていたんだけど、なかなか暇がなくて取りかかれなかった。でも長編小説を書き終えて、ある程度暇もできたことだし、うん、そろそろやらねば、と思い立ったわけです。まあ、そこまでたいそうなことでもないんだけど。

で、一カ月くらいやっていて、だんだん腕があがってきた。きれいな色合いに焼き上がり、中がほわっとして、内気にくるっと丸まったオムレツができるようになってきた。まだ芸術品とまではいかないけど。

僕のオムレツの師匠は村上信夫さんです。もう亡《な》くなってしまったけど、帝国ホテルで長い間シェフをしておられた。とはいっても、直接お目にかかって作り方を伝授されたわけではない。その昔テレビの番組で村上さんがオムレツをささっと作られるのを見て、その手際《てぎわ》よさと、出来上がったオムレツの美しさに感動し、そのときに「よし、いつか僕もこんな風にオムレツを作れるようになってやるぞ」と決意した。

村上シェフのお話によれば、オムレツをうまく作るための最大のポイントは、オムレツ用のフライパンを確保することです。鉄のフライパン（半径二〇センチ）を買ってきて、よく焼いて錆止《さびど》めの塗料を落とし、きれいに洗う。まず揚げ物に使い、次に炒め物に使い、十分に油に馴染《なじ》ませておいてから、オムレツ専用のフライパンにする。いったん「オムレツ用」と決めたら、ほかの用途には一切使わない。

実際にやってみるとわかるけど、この状態を作り出すまでにけっこう手間と時間がかかります。新しいフライパンはなかなかオムレツ作りに馴染んでくれない。それをなだめすかし、おだてたり脅したりして、何とかこっちのものにしてしまう。いったんこっちのものにしてからも、使用後のケアには細心の注意を払わなくてはならない。ちょっとした汚れが残っても、卵はヘソを曲げて、つるっときれいに滑ってはくれなくなる。けっこう大変だ。考えてみれば、たかが朝ご飯のおかずなんだけどね。

僕が思いつく、オムレツ作りにいちばん適したシチュエーションというのは、やはり情事の翌日の朝だ。ベッドで女の子が寝ていて、男がＴシャツとボクサーショーツという格好で台所に立ち、お湯を沸かし、コーヒーをつくる。その素敵な匂いで女の子が目を覚ます。「何もなくて悪いんだけど、ほうれん草のオムレツでよければ作ろうか」と男は言って、ガスに火をつけ、フライパンにバターを引き、何でもなさそうにひょいひょいとオムレツを作り、皿にあける。女の子は男物のストライプのコットン・シャツをまとって、ベッドから物《もの》憂《う》く出てくる。まだ眠いけれど、オムレツはずいぶんおいしそうだ。新しい太陽がキッチンのいろんなものを、眩《まぶ》しく輝かせている。ＦＭラジオからはシューベルトの『アルペジオーネ・ソナタ』が流れている。そういう光景ですね。

それで、お前はそういう体験をしたことがあるのか？

もちろんありません。あるといいかも……と思ってるだけ。

オムレツ修行

高橋義孝

このごろうちの連中はオムレツを食べさせられて少し往生しているらしい。そのオムレツはぼくが作るのである。オムレツを作るのは面白いので、むかしからよく自分でこしらえたが、薄黄色の皮がふんわりと張った中がやわらかくて、とろけるようなのがどうしても作れない。一体どうやったら、ああいうのを作ることが出来るのだろうとかねて不思議に思っていた。ぼくが作ると、こちこちというのも大げさだが、まずこちこちのオムレツが出来上ってしまうのである。そこで鍋町《なべちょう》の風月《ふうげつ》のチーフ・コックの小畑さんのところへ出かけて行って、少し酒も飲んでいたが、一体どうすればオムレツがうまく作れるのか教えてもらいたいといった。

風月はグリルだから、眼の前に料理場のガス・レンジがある。小畑さんが使うフライ・パンはカネ尺で直径六寸位の小ぶりなものであった。ところがうちで使っているのは直径八寸位あるから、なるほどあんな大きなのではうまく出来る筈《はず》はない。卵は割ってから、あまりかきまぜてはいけないと教えられた。ぼくは逆に、親のかたきでも討つようなつもりで今迄一生懸命にかき回してきた。火は強くする。ところが弱い火がよかろうと思って、ぼくは弱い火で焼いていた。

フライ・パンに入れてからは、右手の箸《はし》はほんの添えもので、左手でフライ・パンを小さく揺る。そんな器用なことは出来はしない。左右から卵を向う側へ掻《か》き寄せる。その辺で火から下して、右の手で、左手が持っているフライ・パンの柄をトントンと叩くと、向う側から卵がくるくると手前へ向ってまくれてくる。それで出来上り。うちへ帰って、まずフライ・パンの小さいのを買ってこさせた。それから万事いわれた通りにやってみて、いよいよ右手でトントンのところになった。トンと叩いたら、中の卵がフライ・パンから外へばっと飛び出して、ぐちゃりと落ちた。もう少しで手に熱い卵の塊《かたま》りを受けて火傷《やけど》をするところだった。

さあそれから、毎日毎日オムレツばかりである。自分ではそう食べられないから、うちの者に食べさせる。午飯時《ごはんどき》などは、おい、オムレツを食うか、と長男その他からまず注文を取っておいて、いくつもこしらえる。それでこのごろはみんなオムレツに飽きてしまって、おい、オムレツを食うかというと、いやな顔をする。仕方がないからこのところ少し練習を控えているが、何とかしてふっくりと柔かなのがこしらえてみたい。出来上るのはぐにゃぐにゃと形のないものばかりで、これでは馬の糞《ふん》や牛の糞などの方がよほど造型的にととのっている。

つくづく年季だと思う。年季を入れたからこそ、親方に頭をぶんなぐられて泣いて修行をしたからこそ、小畑さんだって、ああいう風に何事もないように手軽にひょいひょいとやって、形のいいオムレツがつくれるようになったのだ。いい仕事には時間が降り積っているのである。

わがオムレツ

土岐雄三

料理といえば、バカのひとつ覚え、オムレツしかできない。

ひとにいうと、それはたいしたもんだ、オムレツがいちばんむずかしいそうじゃないか、い、などとお世辞をいう。

そうですかね、と私はアゴを撫《な》で、たいへん得意になるが、こればかりやっていると、別してむずかしいとも思わない。

コツさえのみこめば、あとは火加減だけ、けっこう、それらしきモノができる。

オムレツは、十年ほど前、プロについて習った。

鎌倉にいた頃、いきつけの小レストランに変なおやじがいて、これが懇切叮嚀《ていねい》に手ほどきをしてくれたのである。

もと外国航路の客船、ナントカ丸のチーフコックだというこのおやじは、職人肌の一風変わった人物だったが、至って無口、不愛想。気にいらない客には、屁《へ》もひっかけなかった（もっとも、やたらそんなものをひられては迷惑だが——）。

猪首《いくび》で、でぶっちょで、白い厨房着《ちゅうぼうぎ》と、シャッポがよく似合うおやじだった。

店は、三坪ほどもあったろうか、カウンターがあり、壁によせて、小さなテーブルが三つ四つあった。いわゆる、オープンキッチンというのだろう、止り木のように椅子にかけた客の前で、おやじは黙々とフライパンを振った。

通いはじめの一、二カ月は、私も、他の客同様黙殺された。

おれは、こんなサラリーマン野郎の昼めしなンかつくりたかアねえ、——年じゅう、そんな顔をしていたようだ。だが、つくるものは滅法うまかった。ことに、オムレツは絶品だった。

「こいつは、朝めしに食うもンだ……」

ある日、不服げにおやじがいった。

「だって、うまいンだから、仕様がないさ」

おやじは、クスッと微笑《わら》った。それが、この仏頂面の、臍曲《へそまが》りじじいと口をきくきっかけだったように思う。

「あんたも変わってるね」

おやじは、そんなことをいった。

サラダをつくっておいたよ――。

間もなくおやじは、私を待つようになった。当時まだ珍しかったブルーチーズ・ドレッシングなど私のために、つくってくれていたのである。客もなく、出前もひとくぎりつくとおやじはよくナントカ丸時代の憶《おも》い出《で》話をした。

そのむかし話には、汐《しお》の香が匂うようだった。

オムレツの手ほどきをうけたのは、それから間もなくだった。

卵のとき方、フライパンの持ち方、返し方、火加減――素朴な料理だけに、焦がさず、ふっくらとやきあげるのはむずかしい。固すぎても、柔らかすぎてもダメなのである。私は、客のない頃合をみはからって出かけた。

カウンターの向う側に廻り、ガスレンジの前に立って、卵を割る。最初は卵二コからはじめた。フライパンがほどよく焼けていないと失敗する。卵を流してじゅッと音がしなければ落第なのだ。鍋を左に、右手でかきまわしながら、卵をフライパンの先の方に押してやる。かたまり加減をみはからって、鍋の柄《え》を右手で叩き、くるり返すのがコツだった。

ぬれタオルを小さく畳んで、フライパンにのせ、返す稽古も家に帰ってやった。卵が二コから三コになると、ぐっと形がとりやすい。鍋も家庭用のものより、コックがつかう大型のものが調子よくいくこともじぶんでやってみてわかった。ただし、非力な私は、片手で鍋を支えるのがひと仕事だ。マゴマゴすると、オムレツが、出来損なってスクランブルエッグによくなった。

私は、二年ほどで東京を去り福岡に転任になった。

「おやじを忘れても、オムレツは一生忘れないよ」

私は別れにそんな挨拶をした。

「いつ発《た》つンです？」とおやじは訊《き》き、

「餞別《せんべつ》代りに、飛び切りの海老《えび》料理をつくるから食べてって下さい」

おやじは、そういって、すこしさみしそうな顔をした。

福岡に赴任して間もなく、おやじから、廃業の案内がきた。人手もないし、齢もとったから、というようなことが書いてあった。ありようは、お惣菜《そうざい》めいたカツやコロッケをつくることに、あきたろうし、ナントカ丸時代の話をまじめにきいてやる客がなくなったことも商売をつづける張りを失わせたのではなかったかと思う。

その後おやじは、消息を絶ち、どこかに消えてしまった。生きているのか、死んだものかもわからぬのである。しかし、彼は私にオムレツをのこした。卵を割り、鍋に油をひいていると、私は彼をおもい出す。

はじめて、オムレツらしいものができたとき、まあ、そんなもンかな、と微笑った顔がおもい出される――。

私は、つとめをやめ、終日家にこもるようになってから、気がつまると台所に立ってオムレツをやく。じぶんで食べるためではなく、ただ、気晴しにやくのである。なが年やっているからまアまア程度のオムレツはできる。

「どうだ?」私はカミさんにきく。

「ええエ、結構ですよ」

「うまくできたろう」

彼女は、非常にしばしば迷惑そうにわがオムレツを食べてくれるが、これも内助の功と諦めているらしい。

浅草のオムレツ

増田れい子

浅草六区の野外ステージのかたわらに〝T〟というコーヒー屋がある。浅草っ子のおかみさんがいつもカウンターのなかに、デンとおさまっていて、コーヒーはうまいし、軽食も出来るし、浅草に用のある人たちは昔から便利にしているようだ。

寒い日だった。ステージではデビューする前から薄汚れてしまったような女の歌い手が声をしぼっていた。なかなかうまいのだが、うまいぐらいでは、陽の目を見ない世の中だ。私は人一倍拍手を送ってから、Tに立ち寄った。おかみさんは、顔見知りでない私でも、にんまり迎え入れた。長い客商売がおかみさんのほおにたたきこんだ、ほどよい笑顔だった。

そこへ、初老の男が、ふっと入ってきた。目はカウンターに落としたまま、おかみさんに干物でも入っているようなうすべったい包みを渡した。

「おや、こんだは長かったねえ」

「うん、まあな」

「それで、いつ?」

「たったいまよ、いま帰ってきたとこだ。何か……食べられる?」

おかみさんは、なれた調子で「たまごがあるけど」といった。

話の様子では、男は何か小さい旅興行をやっているらしい。それきり大して話がはずむわけでもない。続いて、若いジャンパー姿の男がとびこんできて、初老の男を見るなり、目をかがやかして、胸のポケットを押えた。

「来たんだよ、来たんだよ、さいごの一万円札がよお」

昨日だか、いましがただか、若い男は大穴をあてたらしい。

「これが来なかったら……」

そのあとは、いひゃあっとかうひゃあっとか、いいいいのけぞるような仕草で叫んで、男はまたあたふたと、とび出して行った。初老の男は、動じるふうもなかった。「ハッハ」といったきりだった。水を一パイのんだ。

おかみさんは、たまごを二個、どんぶり鉢《ばち》に割りこんだ。フライパンに油をしき、火にかけた。フライパンがあたたまる間、キャベツをきざんだ。大皿にキャベツをこんもりと置き、冷蔵庫を開けると、プラスチック容器をとり出し、スプーンでなかみをすくった。それはポテトのサラダで、キャベツの横にもりあわせた。あたたまったフライパンに、たまごがジャアッと音をたてて流しこまれた。たまごがかたまる間に、おかみさんは一つのプラスチック容器から、白菜のつけものを小皿にとりわけた。次に戸棚からどんぶり鉢を一つおろし、八つ頭とこんにゃくと椎たけ、それに、にんじんの紅をとりわけた。

その間にフライパンのなかのオムレツが焼き上がった。さっきのキャベツとポテトサラダのわきに、そっとオムレツをのせると、湯気がぽおうっとあがった。

初老の男は、割ばしの袋をむきはじめた。おかみさんはオムレツの皿をカウンターにのせ、中皿に、ジャーから、ごはんをよそって、紅しょうがと、こんぶのつくだにをあしらって出した。つけものの小皿には、醬油《しょうゆ》をたらした。

「ケチャップ、いるんだったね」

「ああ」

初老の男は、オムレツに、はしを入れた。ケチャップの他に、男はソースをひたひたにかけた。それがプーンとにおってくる。

男が食べているあいだ、おかみさんは声をかけない。片づけものをしている。

男はうまそうに食べていた。白いごはんが紅しょうがと塩こんぶにまぶされて、のどへ入って行く。八つ頭もほどよいあめ色に煮くずれて、しっとり光っている。男はていねいに食べて行った。

ごはんがなくなった。

「もう少し食べたいところだな」と私はとっさに思った。私がその男だったら、もう半ぜん食べたいところだ。

そのとき、おかみさんが、洗いものから顔をあげていった。

「ごはん、も少しどお」

「もらおうか」

お茶わんに七分目といったところか、ごはんが追加された。

私はコーヒー代をおいて店を出た。

いい気分だった。

夫婦の間でも、なかなかあんなふうに、ごはんを食べさせたり、食べさせてもらったりするもんではない。くるくるっと熱々のオムレツ、八つ頭に、塩こんぶ。それにどうだ、ごはんの追加のタイミング。あれでみそ汁があったら最上のその上。でもそれだと情が深すぎるか。ああうまかった、男はいまごろつま楊子《ようじ》を使っているだろう。長旅の疲れ、どうせもうかりもしなかったに違いない興行の日々。しかしおかみさんも男もそんなことは口の端にも出さないで、男は黙々とオムレツを食べ、おかみさんはその世話をやく。

まわりに客がいなかったら、おかみさんはオムレツ代もとらないんじゃないだろうか、と思った。

ひとのおなかのすきぐあいがわかるまち、わかる人のいるまち。つまり、はだを見せあうまち。見せあってくらすまち。

浅草のにおいを吸いこんだ気がした。野外ステージの歌はようやく終わって、サイン会がはじまっていた。売れるのか売れないのかわからぬ薄汚れたような女歌手のまわりに、結構人だかりが出来ていて、歌手の花模様のブラウスの背が小さくちらりと見えた。

夏の終り

武田百合子

Ａビルの九階で、いまごろ珍しく秋冬物の大バーゲンセールをやっている、と娘が誘いにくる。

娘は毛のワンピース二万いくらかのを八千円で買った。男物の赤いセーター一万七千円のを四千円だかで買った。御試着は御自由、と拡声器で叫び続けているが、脱衣試着のための部屋はなく、試着したい男女は窓ぎわの壁に行って荷物を足許《あしもと》に置き、手をあげたり蹻《かが》んだり、うしろ向きになって腰をゆすったりしている。私は見ただけで何も買わなかった。九階の窓から、骨細工みたいな高層建物と高くなった空を眺めている。今朝、覚めぎわに見た夢は、何でもひどくつまらない夢で、それを思い出そうとして、思いだせない。皇太子とその家族が住む黒ずんだ森が見える。私と同じように、窓から町を眺めているだけの男が二、三人いる。脱いだり着たりしている男女の方へ、ちらちら眼を走らせている。万引監視係らしい。

四階には、スパゲッティ屋、日本料理屋、カツレツ屋などの食堂街があった。蠟《ろう》細工の見本のオムレツが実においしそうに飾ってあるオムレツ専門店に入った。

香港フラワーの、うそのぶどう棚の下に、白い食卓と椅子の席がある。左のテーブルに女の二人連れ、右のテーブルに男女の二人連れが腰かけている。ロングスカートの女給仕が来て、コップに冷たい水をちょろちょろと注いだ。ピアノ音楽が壁の向うから聞える。革みたいだが、うその革の表紙の大きな献立表をひらいて、オムレツ定食千五百円というのを二つとる。定食千円というのもあったけれど。千五百円のは、スープ、サラダ、パン、オムレツ(中身はビーフ、またはツナ)、コーヒー。千円のには、コーヒーがない。オムレツは、私がビーフ、娘がツナを注文する。女給仕が「ソースは何にいたしましょう。ここにございます」と、献立表の下の方を蚕《かいこ》のような指で押える。「トマトケチャップ」と、献立表を見ないで私は言う。トマトケチャップは当店では使わない。マシュルームソースか、チーズソースのどちらかだ、と女給仕は言う。「あたしはマシュルームソース」と、娘がすました顔をして言う。私も真似《まね》する。

左の女二人連れは、向い合って煙草をくゆらしている。右の男女二人連れは、落ちつきはらって口を動かしている。私はテーブル掛けを触る。緑色の花模様のテーブル掛け。下にスポンジか何かが敷いてある。こういう風なのを今度買おう、下敷のスポンジも一緒に買って、この店みたいに本式に掛けよう、と思う。それから、ずらずらと垂れ下っている頭上のぶどうの房を眺める。「こういうオムレツ屋のオムレツは、ただのオムレツじゃないよ。きっとおいしい」と、娘に囁《ささや》く。「男ってオムレツ好きよ。オムレツとかシューマイとか。むうっとしたもの好きみたい。今度作ってやるかな」娘は結婚して一年になる。

女二人連れのテーブルに、パンがきた。右の男女の方には、すでにオムレツがきて食べている。姉弟らしい。弟が、九階で買ってきた襟巻《えりまき》やセーターを袋からとり出して、二人して見直している。「これ、××ちゃんにやれば」などと姉が言っている。

やっと、私たちのところに、パン二切れずつのせた皿と、赤い小鉢が運ばれてくる。赤い小鉢には、黄色くてとろりとしたものが入っている。置くとすぐ、女給仕はロングスカートをさらさらさせて、カギの手を曲っていなくなる。何か運ぶために、引き返したのかと思っていたけれど、それきり出てこない。これ、オムレツのソースかしら。パンのバターかしら。パンにつけて食べてしまったら、オムレツがきたとき困るかな。指でついて舐《な》めてみる。バターらしい。しかし甘みがある。バターじゃないかもしれない――。

スープがきた。とろりとしている。「の」の字に生クリームがかけてある。冷たくておいしい。あっという間に飲んでしまった。ぼんやりしてしまう。じゃがいものスープだな。

女二人連れのテーブルに、オムレツが一つのっている大皿と、サラダを盛った大鉢がくる。年増の方がサラダを、若い方がオムレツを食べはじめる。続いて私たちのテーブルにもサラダがくる。女二人連れは、さっきから物静かな口調で途切れることなく会話していたが、料理を口に入れはじめると、全く黙ってしまった。フォークとナイフを握っている指先や手の甲に力がない。老人のようにのろのろと料理をいじっている。サラダの年増のほうは、ナイフとフォークを置き、頬杖をついて眼をつぶってしまった。

大皿のオムレツ二つ、ついに私たちにもくる。私がビーフである。こういう大きなお皿に、こういうぷるぷると肥《ふと》ったオムレツが、どーんと転がしてあるのがいい感じ。これからは、うちでも、こういう風な大皿で、こういう風に食べよう、と思う。小さいにんじんが二本、いんげんが五本添えてある。フォークとナイフをかまえて、オムレツのはじを切って口に入れる。べつだん、うんとおいしくもない。二度めに切ると、佃煮の塩昆布くらいの四角いビーフが、卵汁にまみれてぬるりと滑り出てきた。舌にのせると、何だかへんな味。嚙《か》んでみるとちがったへんな味がしみ出てくる。二口目はソースをかけて食べてみる。もっと妙な味が加わる。「そっちのは、どんな味?」「うん。普通の味」うつむいたまま娘が返事する。三口目を食べる。「何だか、まずいような気がする」「うん。何だか」うつむいたまま娘が返事する。「こういう味のことを、まずい味と言うんじゃないかなあ」「うん」半分食べてとりかえてみる。ツナオムレツも想像とまるでちがう味である。

男が三人入ってきて、向いのテーブルにつく。三人とも派手な格子縞のズボンだが、職人風の人たちである。短く刈った頭を献立表に寄せ合って相談する。そして黒い開襟シャツの顔のきれいな男が代表になって、ロングスカートの女給仕を見上げて、低い声で注文している。あとの二人は、怖々《こわごわ》、あたりを見まわしている。

オムレツを食べていた、女二人連れの若い方が「少し召上る?」と、年増の方に大皿を動かしたら、年増はサラダを口に頰張ったまま、眼を剝《む》き、頰骨を一層高くしたものすごい顔になって、首と手を振り、拒否した。若い方はしおれて溜息をつき、のろのろとフォークとナイフを使いはじめた。

「何だか、口の中がげろの味と匂い」言いにくそうに娘が感想を言う。私は便所に行きたくなって廊下へ出た。

靴音もたてずに女二人連れが帰った。テーブルに、オムレツとサラダが半分以上残してある。

オムレツが向いのテーブルにきた。職人さんたちは畏《かしこ》まり、にこにこしてオムレツを見つめ、フォークとナイフを取り上げる。やっぱり三口目くらいから元気のない顔になる。

コーヒーが私たちのテーブルにきた。コーヒーは普通のコーヒーの味がした。ゆっくりとコーヒーを飲んだ。

颱風《たいふう》が去ったあとの午後の東京。真青な空に、ちぎれちぎれの白い雲が、思いがけない低さのところを、さっさと動いて行く。日光が濃い。夏服の黒っぽいのをひきずり出して身につけ、人は町に出てきて歩いている。

「今日だけ!!」と貼り紙のある店の前に山積みにしてある女靴は、三百五十円である。その中の白と紺の靴二足を代る代る履いて迷っていた五十年配の主婦らしい人が、通りかかった私に、どっちが似合うか、と訊《き》く。白も紺も、甲の部分に赤いヨットが描いてある。両方とも似合っていないのだけれど「紺です」と答える。その人は白がいいと思っていたらしく、不満そうである。

浅草の親子丼

源氏鶏太

私の体重は、一時、二十一貫にまでなった。身長は、五尺四寸三分なのだから、これでは肥り過ぎである。

しかし、私は、前前から肥ることを警戒して朝は牛乳を一杯、昼は会社のウドン、夜だけ普通に御飯を食べるようにしていた。だから、自分でもどうしてこう肥るのか分らなかったのである。

そのうちに、やっと分ったのは夜食が原因だ、と云《い》うことだった。私が原稿紙に向うのは、日曜日を除いて夜だけだから、たいてい二時三時まで起きている。それで、つい夜食がほしくなるのだ。

その夜食もめん類が多い。肥るのはそのせいに違いない、と分ってから、やめる決心をしたのだが、たのしみが一つ減ったような気がした。

私は冷し中華そばが大好きなのである。だから夏になるとこれを夜食にすることが多い。それも夜の十二時近くになって、女房と二人で渋谷まで食べにいくのである。

ところが冷し中華そばに、本当にうまいと思うのはめったに無い。もともと、私は味覚については音痴に近い方だし、特別にゼイタクな物、うまい物を食べたい、と云う慾望《よくぼう》のすくない方だ。ただ、何んとなくうまければ満足している。

渋谷には、中華そば屋が十数軒ある。私と女房は毎晩のように渋谷へ出ては、あの店、この店と、うまい冷し中華そばを探して歩いた。しかし、その目的が達しられないままに、私はすこしでも痩せるために、夜の渋谷行を中止することにした。そしてはじめの一週間ほどは、腹がグウグウと鳴るようで辛かったが、いつかそれにも馴れて、平気になることが出来た。そのせいか近頃は体重も二十貫弱になって来た。

しかし女房にすると、私と毎晩渋谷へ出られることが楽しみだったらしい。その楽しみが減ってガッカリしている。それで私は、その埋めあわせの意味で、一日、女房を浅草へ連れていった。

私は小説を書くために、浅草へは何度も一人で出かけているが、そして女房も、母親を案内して一度行っているのだが、夫婦で出かけるのははじめてであった。かねてから連れていってほしいと女房に云われていたのである。

私は会社の終るのが四時なので、五時に東京駅の乗車口で女房と落合って浅草へ出かけた。女房はホクホクの上機嫌であった。仲見世を通って、先ず観音さまに参詣《さんけい》した。

終ってから梅岡へ寄って、私は白玉入りの田舎しるこを、女房は宇治金時を食べてすこし涼しくなった。八月のまだ暑い真っ盛りだったのである。

梅岡を出てから新仲見世を通って映画街に出た。私たちはあちらの看板を見、こちらの看板を眺めながら歩いていった。別に二人とも映画を見ようと云う気ははじめから無かった。

相変らず食べ物屋が店を出している。ただ昔と違って、非常に減ったと思われたのは、のり巻を売っている店で、そのかわりやきそば屋がバカに多いことだった。

「きっと、こんなお店のやきそば、おいしいわよ」

「じゃア、思い切って入ってみよう」

「そうねえ」

「まずかったら、すぐに出ればいいんだ」

「でも……」

結局、女房は殆《ほと》んど露店に近いそんな店に入る勇気は無いらしかった。

「帰りに駒形のどじょうを食べようか」

「そうねえ」

「本当を云うと、僕はせっかく浅草へ来たんだから、浅草で晩めしが食べたいんだよ」

「あたしも」

「よし」

二人の意見は一致した。そして私たちは更にすこし歩いて、三十分ほどスマートボールをしてから、一軒の店先に立った。いろいろの見本が並べてある。どれも山盛りである。念のためにその値段の一部を書いてみると、

かつ丼、天丼　八〇円

親子丼　七〇円

やきそば、やきめし　八〇円

にぎりまぐろ、えび、生がい　一個一五円　其の他一〇円

ビール　百四〇円　つき出しつき
ちらし　百円、百二〇円、百五〇円
と、こんな風であった。

私たちは何にしようか、と随分まよったあげく夫婦とも親子丼ときめた。

テレヴィジョンは都市対抗の野球を放送していた。それを見ているうちに、親子丼が運ばれて来た。見本程では無かったが、結構量が多いのである。

先に一口食べた女房は、

「おいしいわ」

と、云った。

「関西の味よ」

と、つけ加えた。

女房は関西の生れだし、私も二十年近く大阪で暮している。五年ほど前から東京に住むようになったのだが、いまだに東京の食物の味は、からいような気がしてならない。関西流のやわらかい薄味が恋しくてならなかったのである。あのきつねうどんを食べるだけの目的で、大阪へ行きたいと思っているくらいだ。

私も一口食べてみて、

「そうだ、関西の味だ」

と、云った。

私たちはそれを綺麗に食べた。そして、浅草にいながらまるで大阪の道頓堀《どうとんぼり》にいるような気がしてならなかったのである。

御飯の真ん中にあける穴

村松友視

かつて、テレビの取材で種子島《たねがしま》へ行ったことがあった。種子島といえば鉄砲伝来の地でもあるが、そのときはかつての大関若嶋津《わかしまづ》（いまは高田みづえさんを妻とした松ヶ根親方）の故郷として訪ねたのだった。種子島の漁師の子に生れた若嶋津は、子供の頃から父親とともに小舟で沖へ出て、その小舟のゆれに耐える強靭な足腰が鍛えられた……そんなことの根拠を、父母、恩師、友人などに聞いて回るのが、番組における私の役どころだった。若嶋津はまだ大関にはなっておらず、ケガをしてひと場所を無駄にしたあと、山梨県の下部《しもべ》温泉で療養中という状態だった。

私は、テレビ・スタッフ七人とともに前日、鹿児島から連絡船で種子島へ渡って旅館に泊った。当日は早朝からのロケだった。私たちは、八人そろって朝御飯を食べながら、取材の打合せをした。

旅館の朝御飯というのは、全国的にだいたい決まっていて、御飯、味噌汁《みそしる》、焼魚、漬物、海苔《のり》（花札くらいの大きさ）、それに生タマゴというのが定番だった。固形燃料の普及によって朝から湯豆腐が出るようにもなったが、当時はそんなふうだった。

私を含む八人の男たちは、まず生タマゴの殻を割り、そこへ醬油《しょうゆ》を少したらしてかき回したが、そのあといっせいに同じ行為を始めた。同じ行為……すなわち箸《はし》で御飯の真ん中に穴をあけはじめたのだ。八人の男がいっせいに御飯の真ん中に穴をあけているシーン、これがかなり奇妙だったせいか、それに気づいた皆の箸が一瞬ピタリと止ったものだった。

私は、清水みなとで祖母に育てられたが、祖母にそんなことをしつけられたおぼえはなかった。もちろん、学校で教わる事柄ではないわけで、そこまで生きてきた筋道で何となく、生タマゴをかけるときは御飯の真ん中に穴をあけるという習慣を身につけているのだ。

そして、そこにいる八人の男たちは、氏《うじ》も育ちも年齢もまるでちがう組合わせであり、この八人がいっせいに御飯の真ん中に穴をあけている図に、私も目をみはってしまった。そし

て、

（これが文化だ……）

という思いを胸の内でかみしめた。つまり、学者も識者も歴史家も歯牙《しが》にもかけぬ、物書きくらいしか目に止めぬ行為だが、ある時代の日本人の多くがこなしてきている仕種《しぐさ》であり、一種の文化としてとらえられぬことはないと思ったのだった。納豆を食べるとき宙で箸をくるくる回す仕種も同じで、決して資料として残らないが、何らかのかたちで残さねばならぬ文化なのだ。

そして、このような底辺、市井《しせい》のふつうの仕種にからまる文化を書き綴るのに、もっともふさわしいのが散文、小説という世界ではなかろうか。

私は、種子島でそのことに気づいた。以後、私はそういうアングルで物を見る癖がつき、目薬をさすときつい口をあける人々の習慣などをながめつつ、またもや貴重な文化に出会ったなどとひとりごちる日々を、飽きることなくつづけているのであります。

卵かけご飯の友（抄）

東理夫

卵かけご飯、というのはかけるのは「生卵」だけれど、それをかけた飯はもうすでにして立派な料理なのだから、正しくは「玉子かけご飯」と書くべきだろうか。どうもこのあたりがはっきりしないのが困るのだけれど、そのうやむやな分、そしてそれに敬意を表してここからは「卵かけ飯」とは書かずに「卵かけご飯」と書こうと思う。「卵かけ飯」というと、他にお菜もなく、仕方ないから卵でもかけてあがりよ、といったニュアンスが強い。

だが、「卵かけご飯」と「ご」がつくと、なんとなくご馳《ち》走《そう》的な、少なくとも積極的に食べようという姿勢がうかがわれるようなところがある。だから、ここではその積極さをとって、あえて卵かけご飯にしようと思うのだ。なにせぼくには、卵かけご飯は仕方なく食べるものではなく、そうはなかなか食べられない貴重な料理なのであるから。

子供の頃、卵かけご飯を食べるのは、新鮮な卵が手に入ったから、というのが最大の理由だった。田舎から届いたからとか近所からもらったり、千葉の方からおばさんが荷物を担いで運んできたり、と、おふくろは新聞紙に包まれた少し汚れた茶色い殻の卵を小鉢に入れてくれた。しかし、それを目の前に出されるたび、病気がちだったせいもあって、いつもはあきれるほどに清潔好きのおふくろにしては無神経だなあ、と、その小鉢で卵を割りながら思っていたものだった。

今や冷蔵庫の扉側についている卵入れには直接卵を入れずに、買った時のままのプラスティックのケースごと入れるのが普通になっている。あれは卵の殻の表面についた雑菌が冷蔵庫の扉の開《あ》け閉《た》てのたびに巻き上げられて、庫内の食品に付着するのを防ぐためだという。それを思えばあの時代、産み落としたままの泥や糞《ふん》やらがくっついた卵を入れた小鉢に、割り落としてかき混ぜて食べていた割には、人間案外丈夫にできているものらしい。

それにしても最近は、特別に新鮮な卵というのはそうはない。というよりも、あまり新鮮な卵というものに特別な関心がないのではないかと思われる。それというのも、どの卵もいちように新鮮だからだろう。流通機構が発達したからに違いない。同時に、最近は卵もよく持つといわれている。そうはすぐに悪くならない。室温で三ヵ月は持つという。驚くではないか。けれど、気になることもなくはない。

なるほど、家庭内では買ってきてすぐに冷蔵庫に入れてしまうけれど、売っている店先では、絶対といっていいほど常温の場所においてある。それでいいのだろう。となると、冷蔵庫の卵入れとはいったいなんだろうか。そこらに転がしておくと邪魔になるから考えだされた「卵ケース」なのだろうか。

そういった不思議な思いが、ぼくをずっと昔に連れていく。それは夜店だったか、屋台でだかに出ていた卵屋のことだ。もみ殻の敷き詰められた箱に、大小に分けられた卵が積み重ねられていて、そこから好きなだけ笊《ざる》かなにかに取り分けて買う。ところがそういう店の照明はたいがい裸電球一つで、大人たちは卵を指で挟んでは、その電球で透かし見たものだった。

よくはわからないのだが、曇ったり濁ったりしていると、卵は悪くなっているということらしい。だが子供だったぼくは、もしかしたらヒヨコになりかけの姿が、頭でっかちのあの格好のまま骨まで透かし見えるのではないかと、ドキドキしながら大人たちの手元を見ていた。けれど、一度も見せてもらったことがない。

裸電球に卵を透かして善し悪しを判断する、というのは、もしかしたらぼくの作り上げた記憶かもしれない、という不安がなくもない。これまでずいぶんと、後から作りだした記憶に戸惑わせられたことがあるからだ。ところが、この卵の鮮度識別法は間違いがないようだ。というのも、落語の「こんにゃく問答」で、寺方《てらがた》の符牒《ふちょう》に「酒が般若湯《はんにゃとう》、鮪《まぐろ》が赤豆腐、あわびが伏鉦《ふせがね》、かつ節が巻紙、どじょうが踊り子、たこが天蓋《てんがい》」とあって、その中に「卵が遠眼鏡」というところがある。やはり、卵の善し悪しを、望遠鏡のように目にあてて覗《のぞ》き込むからの命名だろう。

しかしそれにしても、現代では卵は長く持つというのが常識であるのなら、あの頃の卵屋は相当古い卵を売っていたということなのだろうか。だから卵を灯にかざして鮮度を推し量るという方法が、ごく当たり前のように行われていたのだろうか。それとも最近の卵は、飼料のなかに抗生物質やらその他の薬剤やらを混ぜて持ちをよくしてでもいるのだろうか。わからないことばかりだ。

＊

ある程度新鮮な卵が容易に手に入る昨今、卵かけご飯にとって新鮮な卵は第一の条件ではなくなってしまった。では何がそれに代わる必須条件かというと、これはもう熱々のご飯、炊き立ての米飯がある時、というしかない。

朝に飯を炊く家庭は、どれくらいあるだろうか。いや、朝は米の飯じゃなくちゃ、という人がいることは知っている。友人の何人かもそのタイプだ。ぼくの家は、ぼくが生まれてから今日まで、そしておそらくはこの先死ぬまで、朝はパン食だろうと思う。たまにパンに飽きて、米の飯で朝食にすることがある。ごくたまに朝粥《あさがゆ》であることもあるけれど、炊くことはしない。冷凍にした飯を電子レンジで温めるのだ。

昔は朝にご飯を炊いて、昼や夜は冷や飯を食べた。特に夜は古香《こうこ》や焼き味噌《みそ》で茶漬けにしてかっこんで寝てしまうのが当たり前だったようだ、と落語を聞いて知れる。その代わり朝は、熱々のご飯に葱《ねぎ》の味噌汁とタクワンだと、「たらちね」にはある。炊き立てのご飯に熱い味噌汁という原初的な和食のうまさがここにはあって、そのことだけでももう喉が鳴るし、食後の満腹感と充実感とは、ようし、今日も一生懸命に働くぞ、という肉体的な歓《よろこ》びをもたらしてくれたろうと思わないではいられない。

もしそこに、新鮮な卵があったらどうだろう。卵売りは一声と三声は呼ばない、というのも落語が教えてくれる。「タマゴォーッ！」となると、なんだか道場破りみたいだし、「タマゴタマゴタマゴ」とやると、追っかけられているような気分になる。だから、「タマゴ〜ぇぇ〜タマゴォ〜」という二声の売り声に誘われて、天秤棒に下げられた笊に山盛りになった卵を買って、炊き立ての熱い飯にかけてザクザクとやったらどうだろう、と考えるだけで、もう胸が苦しくなるほどだ。

しかし卵は滋養をとるための栄養食でもあった時代が長く、ぼくなんかも、疲労回復に生卵を二、三個飲む、というイメージを漫画や映画や洒落《しゃれ》本やらで植え付けられた覚えがあり、一般庶民の日常の食卓にはそうはのぼらなかったのかも知れない。だがここで問題なのは、一般家庭に於《お》ける鶏卵の普及の時期、といった命題ではなく、炊き立てのご飯こそが卵かけご飯にはふさわしいということを言いたかったのだ。

現代の家庭で、果たしてどれぐらい朝に飯を炊くか、いや、卵かけご飯は何も朝食だけに限ったものではないから、夜に炊くのでもいいのだけれど、いったいどれくらいの頻度で炊き立てのご飯に出遭《であ》えるか、というのはこれは大きな問題だ。

夜に炊くとしても、保温した飯では駄目だ。だから晩酌なんかしていて、やがておもむろに、じゃあ、ご飯軽くいっぱい、卵かけご飯にしようかな、なんていう調子では失格なのである。何しろ、卵かけご飯の要諦《ようてい》は、半熟の頃合いにあるのだから。

かねてから、卵一個対飯椀一杯の飯との兼ね合いが難しいと、悩みつづけてきた。ようするに茶碗《ちゃわん》一杯の飯に卵一個は多すぎて、いつも卵汁の方を少し残すことになる。この残りの卵汁の処理法としては、もう半杯の飯にかけるか、あるいはそのまま飲むかしかない。もし一個分の卵を一杯分の飯に全部かけてしまうとダブダブになって、ザラザラと茶漬けのごとくかき込むしかなく、それはそれで一種の楽しみではあるにしても、けっして本筋ではない。第一、せっかく熱い飯も冷たい溶き卵によって冷えてしまって、こうなると卵かけご飯の本来のうまさである半熟にはならないのである。ならどうするか、これはもう最初から卵の白身を半分がとこ、捨ててしまうしかない。

正しい卵かけご飯の段取りとしては、次のようになる。翌朝――いや何も、朝でなくともいいのだが、少なくとも卵かけご飯を食べようとする飯時《めしどき》の、少なくとも三時間前には好みの卵を冷蔵庫から取り出し、常温に戻しておく。

さて、食事の時間になり、飯も炊きあがったとしよう。この場合、電気炊飯器だろうがガス炊飯器だろうが、羽釜《はがま》に薪《まき》であろうが、または陶器の釜であろうが、ここでは言及するのはやめようと思う。ともかく、好きな米を好きなように研《と》ぎ、好きなように炊く。

炊きあがったら、かねて用意の小鉢に卵を割り入れ――この時、卵の殻を器用に駆使して白身の半分を割り残すか、あるいは小鉢に全部割り入れた後に、スプーンで掬《すく》うか、それとも白身だけズルッと飲むか、はたまた何でもハイハイということを聞いてくれる人間が身近にいるのなら、その人物に白身の半分を取り除かせるなり、自由にすればいい。

ここで好みの量だけ、好みの醬油《しょうゆ》を入れる。ご飯にかけてから、醬油をかけるのがいいという人もいるけれど、それは各自自由だろうとぼくは思う。好みによって化学調味料を入れてもいい。

最近はアメリカでは、化学調味料を入れていません、という看板を掲げた店がちらほら、ことにチャイニーズ・フードの店に見かけるけれど、あれは化学調味料アレルギーの人が彼の地では結構いて、すぐに頭が痛くなったり吐き気がしたりするからであって、何も化学調味料が悪いわけではない。アレルギーでない限り、好きか嫌いかの問題だと思う。イノシン酸やグルタミン酸は天然の食材自身が最初から持っているもので、そっちは平気だがそれを抽出したり、合成したりした化学調味料は駄目という人もいるのだろう。

ともあれ、割り入れた卵汁と醬油などを粗くとき混ぜ、または白身の腰がなくなるまでじっくりと溶きほぐし、おもむろに飯茶碗に炊き立ての飯をついで、中央を少し凹《へこ》ませて――

でないと、勢いあまって茶碗の縁からこぼれることがある。まさかとお思いだろうが、実にそのまさかを、ぼくはこれまでの生涯二度やっている——静々と注ぎ込む。

そしてさっくりと混ぜて、醬油入りの卵汁が炊き立てで熱々の銀色に光る米粒ひとつひとつにからまり、半熟の状態になったところでハフッと一口にやる。白身を半分捨てると、けっしてザラザラとはならない。箸《はし》がサクッと溶き卵の絡まった米粒を持ち上げる。湯気の立つ上部が、粘りと自らの重さとのバランスに耐えかねてふわりと割れて崩れ落ちそうになるかも知れない。そこをすかさず口に運ぶ。至福の時の到来である。

マドレーヌの体験

四方田犬彦

食物とは記憶である、とはよくいわれるところだ。人はしばしば十五年前に鮎茶屋でたべた鮎の臓腑《はらわた》の味だとか、先代の親爺が握った鮨《すし》といった話を好き好んでする。もっともこうした記憶はごくごく相対的なものかもしれない。人はそれを貯《たくわ》えた財産のように懐に携《たずさ》えていて、物事を比較しなければならないなにかの機会にそれに言及し、判断の基準として援用する。近頃の鮎は味が落ちたとか、息子さんの鮨もいい仕事になってきたという、よくある評言がここから生じることは、いうまでもない。

だが、一方で、食物をめぐる絶対的な記憶なるものが存在する。自分ではとうの昔に忘れていたつもりの味覚と風味にふとした機会に再会してしまい、その偶然が引き金となって、さながらガラス瓶のなかで揺れる水中花の大輪のように追憶という追憶が開花し、無意識の彼方に追いやっていたはずの壮大な世界を垣間見させるという体験のことだ。たとえばプルーストはかの厖大《ぼうだい》な長編『失われた時を求めて』の最初の方で、コキーユの溝のついたプチット・マドレーヌを紅茶につけて唇に運んだ瞬間、天啓のように小説の主人公を襲った感動について言葉を重ねている。それは彼をある至福に満ちた過去の時間の夢想へと誘うのだ。ほんのわずかのマドレーヌの細片が醸しだすえもいえぬ悦《よろこ》びを手掛りにして、彼は幼年時代をすごしたコンブレの灰色の家を、庭に咲いていた花々を、川辺の水蓮《すいれん》を、田舎の教会堂を、要するに記憶の悦びと呼ばれているもののいっさいを取り戻す。間歇泉《かんけつせん》のように心中に噴きあがり、留まるところを知らず流れだす過去の時間。こうした記憶を潜在させた食物を、われわれは絶対的な食物と呼ぶべきではないだろうか。

　現在日本の料理評論家たちはどこまでも相対的な記憶に固執する。どこそこのレストランの鴨は前に比べて味が落ちたとか、戦前の上海で食った太湖《たいこ》の蟹《かに》に勝るものはないといった言説に情熱を傾ける。たしかに優れた味覚を正確に記憶し、その厳密な再現を求めることは、文化体系としての料理を維持し継承するためには必要かもしれない。だが、それはあくまで知と意識に由来する相対的なものであって、料理のジャンルの内側の事件に留まる。世界全体へと広げられた官能の悦びに達するためには、われわれはひとたび味覚をめぐる忘却を経て、しかるのちにあたかも恩寵《おんちょう》のようにそれを回復しなければならないのだ。

これから書きたいのはなにも想起の形而上学《けいじじょう》のことではない。プルーストに比べてあまりに俗っぽく散文的な、わたしのマドレーヌの体験、あのマドレーヌ工場の体験について語ろうと思っていたのだ。

十七歳のときだった。いろいろなことがあってすっかり高校に行くのが嫌になってしまったわたしは、二学期の期末テストをサボり、そのままずるずると冬休みに滑りこんでしまった（あとで知ったのだが、通信簿はオール2という立派な成績だった）。家でぶらぶらしていても埒《らち》があかないし、映画を見るにも、スキーに行くにもお金がない。前に書いたように男子だけの無粋な農業高校なもので、とうてい庄司薫の小説に登場する由美ちゃんのような気爽《きさく》なガールフレンドがいるわけでもない。というわけで、わたしはアルバイトを始めることにした。

勤め先に決めたのは銀座八丁目の裏通りにあるケーキ工場だった。クリスマスを控えて、十二月は猫の手も借りたい多忙《いそが》しさだという。一度でいいから白いコックさんの服を着て、星や花のかたちの口金のついた絞り出し器からクリームをにゅるにゅると出し、ケーキのデコレーションをしてみたかったのである。もちろんくだんの農業高校には秘密だった。

けれども与えられたのは、そんな華麗な仕事ではなかった。直径一メートルほどの巨大なバケツを眼の前に置かれて、次々と卵を割ってはそこに中身を入れてゆくことだった。左手で棚から抓《つか》んだ卵をひょいと右手に投げわたし、バケツの硬い角に軽くぶつけてふたつに割る。内側の白味と黄味をバケツに落としてしまうと、器用に割れた殻を右手の親指と残りの指で抓んで、脇にある塵埃《じんあい》箱に投げこめばよい。単調きわまりない作業だ。卵を片手で割るというのはいかにも職業的な技術のように見えるが、なあに大きなバケツを前に二十個か三十個を続けて割っているうちに、すぐに上手にできるものだ。『麗《うるわ》しのサブリナ』というフィルムの冒頭でヘップバーンが二年間パリでお料理を習って帰ってきましたよという証拠に、卵を片手で割れるようになったことを自慢するくだりがあるが、それを思い出すと今でもおかしい。もっとも、わたしのケーキ工場勤めにはもっと別のフィルムを例に出したほうが適当かもしれない。一日に数千個の卵を機械的に割り続けるという作業はチャップリンの『モダンタイムス』を連想させた。ちなみにペイはというと、八時間働いて千円、もちろんそれにいくらかの残業手当がついた。工場のなかはバニラと卵と焦げたパンの混じったような、独特の甘い匂いがいつも充満していた。本来なら芳香とでも書くべき匂いである。割った卵は半分がマドレーヌに、もう半分がクリスマス・ケーキに用いられることになっていた。遠くの方の広々とした卓では年輩の職人さんたちがケーキの台座のうえに何本ものチューブを巧みに駆使して、いかにも複雑な文様を描いていた。けれどもわたしは何日も何日もひたすら卵だけを割り続けた。

クリスマス・ケーキがいくらでも食べられるということに気付いたのは、勤めだして一週間ほどたってからだ。なにかの用事で工場の別の階にいくたびに、赤と金の綺麗な包装紙で包まれ、ピンクのリボンを飾った大きなケーキが、包装の作業場の隅にきまって積んである。三箱ぐらいしかないときもあったし、十箱が倒れんばかりに積んであるときもあった。

あれ、何ですか、と主任に聞くと、運送中に傾いたりして、内部のロウソクが倒れたり、箱の壁にクリームがついて歪んだケーキだという。店の信用問題にかかわるので、あらかじめこうしたミスを計算に入れたうえで製造し出荷するという理屈だ。もちろん中身は商品と同じなのだが、あっさり捨ててしまうというのだ。

この話をタダで聞き逃すわけはない。わたしは職場の他のアルバイト仲間といっしょにオシャカのクリスマス・ケーキをむしゃむしゃと食べだした。一日のバイト分の倍くらいの値段のケーキである。実はこれまで黙っていたが、そもそもケーキ工場で働くことを選んだ理由のなかには、こうした事態への期待もかなり含まれていたのだ。そしてわれわれの食欲はといえば、蚕《かいこ》が桑の葉を食べるというのは、こんな感じかなと思わんばかりの勢いだ。これで昼飯代が浮いた、と無邪気に思った。

もっとも、幸福は長くは続かなかった。考えてみれば、ただちに予測のついたことなのだが、クリームをべっとり塗ったケーキを一週間休まずにお腹がいっぱいになるまで食べ続けるなんて、狂気の沙汰とでもいうべきことなのだ。あるときから急に気持ちが悪くなり、ケーキ工場の甘い匂いに囲まれているだけで苦痛になってしまった。まあここにくる若い者は誰でも一度は経験することだねといいたげに、主任がにやりと笑ったことは、いうまでもない。おそらく彼にしたところで大昔に同じ思いをしたに違いない。それを信じさせるふうな表情だった。

それ以来、わたしはクリスマス・ケーキを平常心をもって食べることができなくなってしまった。全身を包みこんであまりあるあの甘い芳香のなかで、それこそ不眠不休で卵を割り、ケーキに貪《むさぼ》りついた記憶に眼をつぶらないかぎり、とうてい口に運ぶことがかなわないのである。クリスマス・ケーキばかりではない。たとえわたしは、いかに小さなマドレーヌの細片からでも、もう二十年近く前の、あのケーキ工場の日々を再現できるであろう、と思う。

茹玉子

水野正夫

玉子好きを錯覚して、妙な物を呉《く》れる人がいる。

あの玉子を正方形にしてしまう道具である。

勿論《もちろん》生玉子では出来ないから、茹玉子《ゆで》、茹立ての皮を剝《む》いて、温かいうちにその箱の中へ押し込め、上からこれも附属のプレス式の蓋《ふた》を締めつけて置くと、あーら不思議、真四角な茹玉子が出来上る。

丁度《ちようど》大きめのサイコロになる。

よくこれで子供達をだましたものだが、中には、どうして黄身が四角じゃないの、と云《い》われて答に詰まった事もある。

玉子は好き、と云うよりも、玉子のあの何とも動かし難い姿が好きな訳だが、それでも今迄、随分玉子のお世話にはなってきた。

イタリーの田舎を汽車で旅していると、途中の駅で売っている駅弁の茹玉子。駅弁とは云ってもこちらは折詰になった幕内弁当ではない。

手の付いた茶紙の袋に、いろいろな材料が入っている。パンの一切れ、チーズ少々、ワインの小びん、果物一個、リンゴが多い。それにこの茹玉子、そうそうハムが一切れ位も。こういう材料をアレンジして各々が好きなようにして食べる訳だが、その中でも茹玉子だけは子供の頃、そして成人してからも、日本で食べたものとそっくり同じで、三年許《ばか》りのヨーロッパ暮しの中で、そしてこのイタリーの旅で、そぞろ日本への郷愁を味わったものである。

茹玉子は、そう云えば、どこで食べても同じ味。今のように物の味が不味《まず》くなったと云われても、例えば鶏の味がこれ程違うようになっても、玉子は、特に茹玉子の味はそう は違わないと思うがどうだろう。

この頃では弁当用として、茹玉子の羊羹《ようかん》？ も出来ているという。

というのは、普通の茹玉子、これは輪切りにすると、真中はいいが、前後の所は必然的に小さくなり、黄身も無い。そこでどこで切っても同じ型を取る為に、芯を黄身にした白身包みの羊羹が出来上ったのである。

その茹玉子、これ以上の味はないと思って食べた事がある。

今想い出しても、あれ位鮮烈なおもいで茹玉子を食べた事はない。

あの大東亜戦争の真最中、私の生家、名古屋の熱田《あつた》もB29の猛爆を受けた。

その頃私は東京外語の学生。東京も危なくなったので帰郷中、その時我家も丸焼け。

商家だった大きな家を、兄と二人で最後迄守りつづけたが、あの猛火には如何《いかん》ともしがたく、表は兄に任せ、私は誰も居ないガランとした家の中へ戻った。

誰も立ち働いていない台所の土間は、妙に広さを感じた。

そして人の居るように全ての物がそのままだった。

あの猛火の最中、冷静に辺りを見渡して、さてどうしようかと考えた。このままこの家が焼けたら、寝る事、当座食べる事……。

先ず家中のふとんを持ち出して井戸の中へ放り込んだ。

その井戸は勿論手押しだが、内側が二重になっていて、水のある所は金網でカバーしてあり、その囲りはぐるっと空地のようになっていた。

とにかく、その所へふとんを投げ入れた。

さてと、今度は食糧、開きになった押入れを開けるとあるわあるわ、その日に田舎から届いた米が大きな米櫃《こめびつ》に一杯。そしてこれは、大ざるに山盛りの玉子、優に百個はあったと思う。

自転車を持って来て、米櫃を荷台にくくりつけたが、玉子はどうにも持てなくなった。井戸を覗《のぞ》いたが、これだけの玉子を放り込んだら、これはいくらふとんの上でも割れるのは理の当然。

さてどうしょう、と、庇《ひさし》に火の付いた土間に立って考えた。

その時井戸の前の大きな水瓶《みずがめ》が目に入った。人間が二人位は入れそうな水瓶は、何時も井戸から水を汲み入れては使っていた。

ざるごと持って当《あて》がってみたら、入る。よし、とばかりにそのまま手を離した。さぶーッ、という気持のよい音を立て、玉子百個は瓶の中へ、そして屋根の焼け落ちそうな気配の家を後にして一目散に自転車に乗って逃れ出た。

その翌朝。

煙でしょぼしょぼした赤い目で、家中のものが何もない、見違えるように何もない我家へ戻って来た。

生れてから初めて見る、我家の広さ。思ったより狭い我家の跡であった。

そこで見た異様なもの。囲りの煤《すす》けた、煙ったい、余燼《よじん》の残った辺り一帯等しく汚れた中に、一際美しく白い大きな塊《かたま》りが目に入った。

ざるに積み上げられた、見事な茹玉子がひとつも壊れる事もなく、ビラミッド状に聳《そび》えていた。

水瓶の囲りはきれいに割れて、残った底だけが具合よく、蒸器のような具合にざるを支えていた。

近所の人も誰かれとなく、この異様な玉子の塔に近づいて来た。

触ったら、ほんと、今茹で上げたように、熱い玉子の殻の感触があった。

美味《うま》かった。

一晩中ほっつき歩いた末にありついた、初めての食べもの。

父が云った。

「そりゃそうだろう。家一軒焼いて茹でた玉子だもの、美味くない訳はないよ」

ゆでたまご

向田邦子

小学校四年の時、クラスに片足の悪い子がいました。名前をIといいました。Iは足だけでなく片目も不自由でした。背もとびぬけて低く、勉強もビリでした。ゆとりのない暮らし向きとみえて、衿《えり》があかでピカピカ光った、お下がりらしい背丈の合わないセーラー服を着ていました。性格もひねくれていて、かわいそうだとは思いながら、担任の先生も私たちも、ついIを疎《うと》んじていたところがありました。

たしか秋の遠足だったと思います。

リュックサックと水筒を背負い、朝早く校庭に集まったのですが、級長をしていた私のそばに、Ｉの母親がきました。子供のように背が低く手ぬぐいで髪をくるんでいました。かっぽう着の下から大きな風呂敷《ふろしき》包みを出すと、

「これみんなで」

と小声で繰り返しながら、私に押しつけるのです。

古新聞に包んだ中身は、大量のゆでたまごでした。ポカポカとあたたかい持ち重りのする風呂敷包みを持って遠足にゆくきまりの悪さを考えて、私は一瞬ひるみましたが、頭を下げているＩの母親の姿にいやとは言えませんでした。

歩き出した列の先頭に、大きく肩を波打たせて必死についてゆくＩの姿がありました。Ｉの母親は、校門のところで見送る父兄たちから、一人離れて見送っていました。

私は愛という字を見ていると、なぜかこの時のねずみ色の汚れた風呂敷とポカポカとあたたかいゆでたまごのぬく味と、いつまでも見送っていた母親の姿を思い出してしまうのです。

Ｉにはもうひとつ思い出があります。運動会の時でした。Ｉは徒競走に出てもいつもとびきりのビリでした。その時も、もうほかの子供たちがゴールに入っているのに、一人だけ残って走っていました。走るというより、片足を引きずってよろけているといったほうが適切かもしれません。Ｉが走るのをやめようとした時、女の先生が飛び出しました。

名前は忘れてしまいましたが、かなり年輩の先生でした。叱言《こごと》の多い気むずかしい先生で、担任でもないのに掃除の仕方が悪いと文句を言ったりするので、学校で一番人気のない先生でした。その先生が、Iと一緒に走り出したのです。先生はゆっくりと走って一緒にゴールに入り、Iを抱きかかえるようにして校長先生のいる天幕に進みました。ゴールに入った生徒は、ここで校長先生から鉛筆を一本もらうのです。校長先生は立ち上がると、体をかがめてIに鉛筆を手渡しました。

愛という字の連想には、この光景も浮かんできます。

今から四十年もまえのことです。

テレビも週刊誌もなく、子供は「愛」という抽象的な単語には無縁の時代でした。

私にとって愛は、ぬくもりです。小さな勇気であり、やむにやまれぬ自然の衝動です。

「神は細部に宿りたもう」ということばがあると聞きましたが、私にとっての愛のイメージは、このとおり「小さな部分」なのです。

卵かけごはん

河野裕子

小学校一年生の時は、弁当の時間と休み時間がたのしみで学校に行っていた。弁当には、毎日、卵焼きが入っていた。何しろ弁当の時間がたのしみだった。弁当箱のふたをあけると、ふっくらした菜の花いろの卵焼きが入っている。卵は貴重品の時代だった。卵を食べさせてもらえるだけで、学校に行くことは何だか一段格があがったような気がするのだった。

遠足のときはこの上に、ゆで卵がついた。私の遠足の思い出は、ゆで卵のあのツルンとした手ざわりと、ほっこりとよく茹《ゆ》だった黄味の匂いである。

一個の卵をひとりで食べられる贅沢《ぜいたく》とは、八歳の子供にとって、この上ないことだった。家でなら、卵かけごはんの時は、卵一個を妹と半分ずつ分け、半分の卵にごはんを乗せられるだけ乗せて、おしょう油をかけると、それはもう、卵かけごはんか、しょう油かけごはんかわからなくなってしまう。それでもしょう油味のつよい卵かけごはんは、大変おいしかったのである。

今でも、あの頃食べたほどにおいしい卵かけごはんや、卵焼きを食べたことはないと思う。パチンとお茶碗《ちゃわん》に割った卵の、むっくりとした黄味の存在感と、ほとんど山吹色の濃い黄色は、食べ物という以上の、何か生きることそのものであるような力を持っていた。実際、病気をしたときや、病後に食べさせてもらえる卵には、他の食べ物以上のふしぎな力があるような気がしたものである。おとな達は、「滋養がある」ということばを、そういうとき使った。

八歳のとき、母方の祖父というひとがやって来て、泊っていったことがある。祖父というひとなどと、他人行儀な表現をしたのは、その人を見たのは後にも先にもその時一度きりだったからである。その祖父は、祖母も母も、母の姉たちも捨てた人で、それから何年もしないうちに胃癌《いがん》で死んでしまった。

なぜか父と母は、その祖父を大変丁重に扱っていたような記憶がある。中国から引揚げて来た父は失業し、呉服雑貨の行商を始めたばかりの頃で、百姓家の納屋の一隅に私たちは住んでいた。

一度しか会わなかった祖父の思い出は何もない。あるとすれば、卵かけごはんの記憶だけである。両親は精いっぱいのもてなしをしたのだろう。祖父は卵かけごはんを食べた。白味は別の茶碗に取り、黄味だけを残し、しかも二個も黄味を使って、一杯の卵かけごはんを食べたのである。

五歳の妹と私は、それをびっくりして見つめていた。卵かけごはんを食べるたびにそのことを思い出す。そして、この頃は私も時々、黄味だけで卵かけごはんを食べる。

お月さまと茶碗蒸し

筒井ともみ

十五夜のお月見が近付くと近所の女の子たちと誘い合ってススキ採りに出かけた。私が子供だった頃にはまだ、家から三、四分も歩けば広々とした野原があり、小川や竹林もあった。私たちは夕陽をはね返して銀色に輝くススキを惜しげもなく刈り採ると、心配そうに東の空を見上げた。まだ残照で仄明《ほのあか》るい夕空に、うっすらと月が出ている。十五夜の晩にもお月さまはちゃんと姿を見せてくれるかしら。この十五夜のお月見ほど天気に左右されてしまう年中行事はない。雨が降ったり雲が厚ければ天空に月は現われず、お月見することはできないのだから。

古来より伝わる月見膳《つきみぜん》といえば、ピラミッドみたいに積み上げた月見団子と、半分だけ皮をむいた衣《きぬ》かつぎがオーソドックスな献立てだ。しかしあの月見団子というのはあまりにも味が単調で飽きてしまうし、衣かつぎも子供にとっては面白味にかける。月見膳には取り立てて美味《おい》しそうなものがないのだ。母はそれをいいことに、「なにもお月見だからってわざわざ作ることないでしょ」と逃げ腰になる。しかし年中行事が大好きな私としては簡単に引き下がるわけにはいかず、我が家の月見膳の献立てを考えることにした。

月といえばやはり玉子だ。玉子であって秋の風情《ふぜい》となると、これは茶碗蒸《ちゃわん》ししかない。この茶碗蒸しに合うものとして、甘辛いタレをつけた鶏のくわ焼きと、ほうれん草と焼いた生しいたけの柚子《ゆず》風味のおひたしを考えた。私が九つか十の頃だった。母は丁寧な料理を作る名人ではあったけれど、特別に食い意地や好奇心を持っている人ではなかったので、献立てはずいぶんと幼少の頃から私が決めることが多かった。私は食が細いくせに、食物に対する好奇心と想像力がやたらタフな子供だった。

この月見の茶碗蒸しに関しても、私は母にいろいろと注文を付けた。まず具の品数を少なくシンプルにしたかった。だからといって何も入れないと味にこくが出ないので鶏だけは許容した。それもささ身などではなくモモ肉がいい。母や伯母は海老《えび》だの白身魚を入れて喜んでいたけれど、私はご免蒙《こうむ》りたい。あとは生しいたけと銀杏《ぎんなん》をたっぷり。カマボコはわざわざ欲しくない。青菜も青臭さが邪魔をするので入れない。三つ葉は葉でも茎の白い部分でもなく、茎がもうじき葉になる手前の、細くて青い部分だけをえらんで、蒸し上がる寸前に入れてもらった。しかも量は少なめに。

この私好みの茶碗蒸しのなによりの特徴は大きさである。母や伯母たちの三倍はあろうかという器で作ってもらう。この器は白地に紺と緑の小花が描かれた蓋付《ふたつ》きのどんぶりなのだけれど、いわゆるどんぶりのように底がぼってりと丸くなくて、平らな底ですっきりとしていた。実はこの器は、プリンを作ってもらうために買った私専用の器で、〝プリンちゃんどんぶり〟と呼ばれていた。どうも私はプリンとか茶碗蒸しのぼんやりとした味や舌触りが好きで、そのまま顔を突込んでしまえそうなくらい大きな器で作ってほしかったのだ。だから私の月見膳はこの特大茶碗蒸しがメイン代わりであった。

食後のお甘は伯母が調達した。祖師《そし》ヶ谷《がや》大蔵《おおくら》駅のそばに「香風《こうふう》」とう和菓子屋があって、当時、この新栗《くり》むし羊羹《ようかん》はなかなかの絶品だった。伯母は十五夜のためにその年はじめての新栗むし羊羹を買ってくる。ほのかな甘味としっとりとした栗の匂いを嗅《か》ぐと、しみじみ仲秋の名月を味わった気分になれたものだ。

ところがこの新栗むし羊羹を口中に入れるたび、どういう訳なのか私の胸を小さな疑問がよぎってしまう。月と兎《うさぎ》と餅搗《もちつ》きのあの言い伝えである。近所の女の子たちはお月さまを見上げては、「ほら、兎さんがいる」「お餅を搗いてるのよね」とはしゃぐのだけれど、私はどんなに眼を凝らしても月面に兎の姿も、ましてや餅臼《もちうす》も杵《きね》も見出《みいだ》すことができなかった。非科学的体質の私はずいぶん大きくなるまでこの兎の言い伝えを半分ぐらいは信じていたから、それを見出せないのは自分の想像力が乏しいからではないかと、内心忸怩《じくじ》たる思いを捨て切れずにいた。そして新栗むし羊羹の黄色い実と秋っぽい香りを嗅ぐと何故《なぜ》か反射的にそのことを思い出してしまう。しかしその一方で、見えないものは見えないのであって、皆が見えるからといって従うことはない、などと取るに足らない反骨の思いを抱きながら、新栗むし羊羹をうっとりと味わってもいた。

もうずいぶん長いこと、月見膳を作っていない。都心のマンション住まいになって、ススキを近所に見かけることがなくなったこともあるし、幾度かの引っ越しのなかで縁の欠けた〝プリンちゃんどんぶり〟を処分してしまったこともある。和食の店で時たま茶碗蒸しを注文してみることもあるけれど、母が作ってくれたようなぼんやりとしてやさしくシンプルで、お月さまのようにひっそりした味の茶碗蒸しに出会えることはもうない。

ゆで卵

窪島誠一郎

小中学校生活のたのしみの一つに遠足があった。ほとんどは都内から一、二時間でゆける近距離の海や山、たとえば長瀞《ながとろ》とか江ノ島とか高尾山とかいったところだったが、私たちはリュックにオヤツをいっぱいつめこんでウキウキと出かけた。もっとも「オヤツをいっぱい」といっても、貧しい家と富裕な家とではずいぶん内容に差があった。チョコレートやバナナといった贅沢《ぜいたく》品を自慢気にもってくる子もいたが、大半は私のようにオニギリ数個とミカンや駄菓子がちょっとという貧しい子たちばかりだった。

そんな遠足のオヤツの、いわば定番ともいえる食べ物に「ゆで卵」があった。

母親のはつは遠足の日になると、かならず「ゆで卵」を二つゆでてくれて、それにほんの少しの塩を添えてくれた。医者からもらってくる粉薬の紙のようなのに塩を一摑《つか》みくるんで、そっとリュックのポケットにしのばせてくれる。目的地に着いて昼食の時間になると、私は景勝地の風景なんかには眼もくれず、まずリュックからゆで卵を取り出し、あたりの岩や石の角にコツコツとぶつけて亀裂《きれつ》をつくり、そこにつめをたててひたすら殻をむきはじめる。上手にむけるときはいいのだが、うまくむけないときには空腹をこらえきれなくなって、まだ殻がついたままの卵を口のなかにおしこんだ。口をモグモグしているうちに、まだ塩をふっていなかったことを思い出し、大急ぎでリュックのポケットから塩の紙づつみを取り出して、食べかけの卵にふりかけたりしたものだ。

今では、中華ソバやサラダなどにものっている「ゆで卵」だが、あの当時は「ゆで卵はゆで卵のまま丸ごと食べる」というのが常識で、「ゆで卵」を半分に切ったり輪切りにしたりする発想はなく、大人も子どもも「ゆで卵」を手にすると、夢中になって固い殻をむくことに専念した。あの頃の「ゆで卵」が子どものオヤツというより、大人にとっても貴重な「主食」、あるいは「補助食」であったことがそれでわかるのである。

また、遠足にもってゆく食べ物には貧富の差があったといったが、ときどき仲間同士で持参した食べ物を「取り替えっこ」することがあった。貧しい家の子たちが「ゆで卵」や「夏ミカン」を差し出し、富裕な家の子の「チョコレート」や「バナナ」と交換する習わしがあったのだ。

クラスで一番金持ちだったのはウエノ君で、ウエノ君はいつも一般では口に入らないような上等な食べ物をもってきていた。ウエノ君は大きな病院の子で、患者さんから毎日のように色んな食べ物がとどけられるとのこと。今のような豊かな時代ではなかったから、とどけられる品物も米とか小麦粉とかが多かったようだが、それでもウエノ家の生活水準は私ら庶民とはくらべものにならないくらい上だった。だから、遠足のときウエノ君がリュックのなかから「チョコレート」や「バナナ」を取り出すと、私たちは自分たちの思い思いの食べ物をもってウエノ詣でをしたのである。

今考えると、ウエノ君は私たちに「チョコレート」や「バナナ」を分配するために、少し多めにそれらをリュックにつめてきていたのではないかと思う。人の好いウエノ君は、みんなに上等な食べ物をぜんぶ取られてしまって、反対にみんなからもらったオニギリやゆで卵ばかり食べていることもあった。

卵をめぐる話

吉本隆明

子どものころ、卵はめったに口にはいらない貴重な食べ物だった。親たちが島育ちで魚好きだったこともあったかもしれない。ゆで卵を一つか二つ食べられるのは、春と秋の二回だけの遠足のときだった。昼食ののり巻と、制限つきのお菓子と一緒に、白か茶色の紙袋に包んだゆで卵と塩が、遠足にもって行けた。のり巻よりもお菓子よりも、ゆで卵のほうが遠足の日の大事な食べ物だった。殻をとんと叩いてひびを入れ、むきはじめると光沢のある白身があらわれてくる。塩をつまんでふりかけ、ひと口かぶりついて白身と黄身の一部が口にはいったときの、口のなかの乾いた微粒のある感じと、塩味のついた蛋白《たんぱく》の味は何ともいえない。この感じは、卵が貴重で病人の栄養のためか、遠足のときしかお目にかかれないものだという固定観念と一緒に、ずいぶんわたしの思春期までを支配してきた。そして何日《いつ》かゆで卵をたくさん作って思う存分に食べてみたいものだという願望をいだいた。この願望を遂げるにはふたつの条件がいる。ひとつはもちろんそんなことができるお金があることだ。もうひとつは、そんな馬鹿気たことが許容される、「よしきたやろう」という雰囲気がつくれることだ。親たちにせびっても何て馬鹿なことを考えている人だいと言われるにきまっている。だが遂にその機会はきたのだ。それは奥方と一緒になって、しばらく経ってからのことだ。

或る日、二人で鎌倉へ行ってみようよということになった。一度、ゆで卵を思う存分食べてみたいとおもってたんだ、明日作って行っていいかなあというと、いいわ、わたしもやってみたいわと賛成した。十五個か二十個か忘れたが、鍋にいれて充分にゆであげた。そして片《かた》瀬《せ》の海岸を橋ぞいに江の島へ渡り、海に面した岩場に腰を下ろして食べはじめた。わたしのイメージでは少なくとも十個や十五個くらいはペロリと平らげられるはずだった。だがみよ、六個か七個ごろには、口のなかの乾いた感じは極限に達し、何やらこめかみのうえのあたりが痛いような、口のなかのものを押しだすような感じになり、どうにもならなくなってきた。美味《うま》いという感じも消えうせ、辛いという感じにちかくなってきた。もちろん水筒のお茶も呑み、塩もふりかけたのだが、それでもおさまってゆかない。なあんだ、こんなものかと気落ちがした。あるいは狐《きつね》が落ちたといっていいのかも知れない。奥方のほうは三個ぐらいが限度だった。卵ときくとげっとなり、卵という字を思い浮かべても気持ちがわるい時期がしばらく続いて、いつの間にかまた、あの懐かしい卵の味にかえった。

小学校のときは歩いて五分もかからないところに学校があったから、午後の授業がある曜日には昼休みに家に帰ってご飯を喰べてまた学校へ帰っても充分に間にあった。旧制の化学の工業学校へ行くようになって、はじめて弁当を母親に作ってもらって、学校で喰べた。いちばんおおいおカズは、のり弁だった。卵を砂糖と醬油《しようゆ》の味で炒《い》って大粒にもってゆき、弁当箱にご飯をうすく敷くと、その上にこの炒り卵を一面にのせ、そのうえからまたご飯を敷き、いちばん上をのりで覆うという、ごく普通ののり弁だったが、食べる方は炒り卵の味が滲《し》みとおって、けっこう満足だった。もっともこの満足には、暮しむきが大変そうな母親が手をかけて作ったからという、太宰治でいえば心尽しの満足も加味されていた。それが証拠に、佃煮の岩のりと卵の厚焼きの既製品がご飯のわきのおカズ入れにはいっていても、弁当のふたを開けたとき不服な気分がした。

後年、奥方が寝込んだときなど、わたしが子どもの弁当を作ったことがある。そのときはすでにのり弁の様式が違ってきていた。長方形よりも楕円形の弁当箱に対角線を境界として炒り卵とのりを敷きわけたり、卵とのりを段だら模様にする様式が流行《はや》っていた。奥方がやると綺麗な体さいでできるのだが、わたしがやると模様がはみだしたりして、子どもに人気がなかった。美味けりゃいいんだろ、美味けりゃといっても通用しない。

子どもたちはいまは長じ、われらは老いる。数年まえファンである阪神タイガースが優勝したとき子どもと奥方が、チラシ寿司の桶《おけ》の表面を、のりと卵のうす焼きで段だらに覆ってタイガースの旗の模様をこしらえてみせたのには仰天した。

ゆでたまご

永井龍男

一とかかえほどの桜が、わが家の庭と両隣りのを合わせて五六本ある。ありきたりの染井吉野だが、花につやがあり毎年花つきもよい。

東京の友だちが、花見にゆくから通知をよこせという。

こちらも客は好きだから、花の様子を見はからって幾日と知らせたが、それからの天気が毎朝起きるとたんに気になった。当日はしかしうまくいって、十数人の客が夜桜になるまで酒をくみかわして帰った。

わたくしどもは夫婦二人切りなので、翌日はにぎやかだった後だけにもの淋しく、かわりがわり縁先《えんさき》まで出て花の散るのを惜しんだりして落ちつかぬ思いをしたが、酒器などを片づけた末に、一番こまったのはゆで卵の始末であった。

花の下の縁台に緋《ひ》もうせんを敷き、ゆで卵を盛っておくのはお花見の定石《じょうせき》と思って作ったのだが、どうも売れゆきがわるく、大半は残ってしまった。夫婦二人ではこなしようもなく、それから当分の間は、ゆで卵と聞くだけで胸につかえた。

昨年の秋、すすめられて枝垂桜《しだれざくら》を二本植えこんだ。どんな花が咲くかとても待ち遠しいことだが、今年また花見に呼べと友だちがいってきたら、ゆで卵のかわりになにを縁台に備えたものかと、いまから時々思案したりしている。

北の湖

池波正太郎

大相撲の夏場所が開いて三日目か四日目ごろ、私は数人の人たちに、

「北《きた》の湖《うみ》は今場所、優勝するかも知れないよ」

と、いった。

今場所の相撲《すもう》をテレビで観たわけではないが、何となく、そのような気がしたのは、気学でいうと、たしか、彼の本命星が二黒土星《じこくどせい》だったことを思い出したからだ。

二黒土星は、これまでにものべたように、今年、来年と衰運がつづくけれども、今年の、ことに五月は、衰運の中にも、ちょっと光がさし込む。

この三、四年間の衰運の中にあって、自分の心身をうまく調節しながら、真摯《しんし》の努力をつづけて来た人は、九紫火星《きゅうしかせい》の暗剣殺に影響をうけつつも、その同じ九紫がもつ名誉、最高、表彰の象意を現実のものにすることも可能だ。去年の二黒土星は暗剣殺となっており、北の湖が挫折《ざせつ》つづきであったことは、だれも知っている。マスコミの引退の声が高まる中で、彼は、みずからたのむところがあったのだろう。黙々として心身の調節をはかり、復調を目ざした。

男が逆境の中にあって、一念を凝らし、目標に向かい無言の苦しみに耐えている姿は、まことに美しい。また、その逆境をたのしむ余裕《ゆとり》がなくては、この苦闘はつづかぬものなのだ。

八日目、十日目と勝ちすすむにつれて、家人が私に、

「お父さんのいうとおりに、なるかも知れませんね」

と、いい出した。

そのころから、近ごろはテレビをはなれている私も、彼の勝負だけは観るようになった。

十三日目に、北の湖は、千代の富士と対戦して勝ち、早くも優勝を決めた。結びの一番で、同門の北天佑《ほくてんゆう》が横綱・隆《たか》の里《さと》を倒した瞬間に、彼の優勝が決まったわけだが、勝って土俵際へ引きあげて来る北天佑を迎えたときの、北の湖の笑顔は何ともいえなかった。

そして千秋楽に隆の里を破った北の湖は全勝優勝に輝いたわけだが、仕度部屋へ引きあげて来て、テレビのアナウンサーから、去年の苦闘について感想をもとめられると、

「そう……こんなときも、あるとおもって、稽古《けいこ》だけは絶やさなかった」

そう洩《も》らした。

「こんなときも、あるとおもって……」

この一語に、北の湖が無意識のうちに、自分の苦闘をたのしむ余裕をもっていたことが、にじみ出ているではないか。

今年は、私の予想によると、彼が心身の調節を誤らなければ、七月の名古屋、九月の東京の両場所も、よい成績をあげることができよう。

しかし、何といっても衰運の最中《さなか》で、来年は衰運の底となるのだから、くれぐれも自重し、再来年からの盛運にそなえてもらいたい。

このごろは、夜食をやめ、ジュース一杯にとどめているので、朝昼兼帯の第一食がとても旨くなった。いまの私は完全に二食で、間食もほとんどしない。

第一食は薄切りの大きなロース・ハムを食卓の鉄鍋でステーキにする。

鍋を強く熱しておいて、バターをからめたハムをさっと焼く。ほんの一瞬、焼きすぎたら、

薄切りのハム・ステーキはどうにもならない。缶詰のパイナップルをつけ合わせる。それとタマネギをたっぷり入れたポテト・サラダで、トースト二枚。赤のワインを一杯のむ。

午後、虎ノ門の20世紀フォックスの試写室で、メル・ブルックスの〔大脱走〕を観た。私は、どうもブルックスが好きではなかったが、今度はおもしろかった。第二次大戦中に故エルンスト・ルビッチがつくった映画の再映画化だから、何といっても、喜劇の骨格がしっかりしている。

前のときは、ルビッチがジャック・ベニイとキャロル・ロンバードを起用したというから、さぞ、よかったろう。

今度の監督も、うまくまとめてあったが、いかに達者でも、ルビッチのような東欧特有の〔お色気〕が出ない。

それを辛《かろ》うじて出していたのは、名傍役《わきやく》のチャールス・ダーニングだった。ヒットラーの子分で肥大漢のゲシュタポの大佐（敵役）に、何故お色気なのか……そこがわかると、この映画のおもしろさは層倍のものとなるのである。

終わって、地下鉄で京橋へ出て、久しぶりに〔与志乃《よしの》〕へ行く。

この店の鮨《すし》、清げな店のかまえ、器などのすべてが、古きよき東京の洗練をあらわしている。むかしの東京のエッセンスが〔与志乃〕の鮨に具現されているようにさえ、おもわれるときがある。

先代・二代目の父子がそろって仕事をしているが、その人柄もまた、まぎれもなく東京人《びと》のものだ。

食べものと店の好みは、人それぞれにちがう。

ただ、私が〔与志乃〕へ行くのは、私にとってなつかしい東京の香りと味に心をひかれるからで、たとえば〔与志乃〕には薄焼きの卵がある。いまは、この鮨を注文する客は、きわめて少ないから、この店でも〔ちらし〕とか、みやげ用の〔バラずし〕に使うため、用意をしておくのだろう。

しかし、私などにとっては昔ふうに薄い卵焼きをつかった鮨は、ほんとうになつかしく、また旨い。

煮烏賊《にいか》と旬《しゅん》の鮑《あわび》、鰈《かれい》でビールの小びんと酒をのみ、鮨になってから最後に、

「卵を薄く焼いたので、二つばかり、にぎって……」

注文をすると、初代のあるじが、丹念に味をつけ、見るもあざやかに焼きあがった卵焼きをかぶせてにぎるとき、オボロを中にはさみながら、こちらを見てニッコリとする。

もっと食べたかったが、卵の薄焼きは大量に仕度をしてあるわけではないので、ひかえておく。

〔与志乃〕へ来たときは、銀座まで歩き、F堂へ寄って柚子《ゆず》のシャーベットとコーヒーをのむのが習慣になってしまった。

夜に入って、風が冷たい。初夏の夜風ともおもえぬ。

帰宅すると、知人から、K屋の出来たての半ぺんが届けられていた。

ちょっと、つまんでみたら、まことに旨い。

宵寝《よいね》をしてから入浴し、いつもならジュース一杯で仕事にかかるところだが、先刻の半ぺんの味を思い出したら、たまらなくなり、台所へ降りてワサビをおろし、御飯を七分目ほど茶わんに入れて書斎へもどり、食べてしまった。

その後で、タカジアスターゼ四錠をのむ。

東京オムライスめぐり

片岡義男

オムライスを一度だけ食べた記憶がある。昭和二十一年、あるいは二十二年、絵に描いたようなただの子供だった僕は、百貨店の食堂のようなところで、オムライスをスプーンで食べた。スプーンが僕の口には大きすぎたことが、オムライス記憶の背景となっている。それから旗だ。小さな旗を貼りつけた楊枝《ようじ》が、オムライスの楕円形の山の頂上に刺してあった。ユニオン・ジャックのような、見栄えのする旗だった。

僕の想像でオムライスを作ると、ケチャップをまぶして炒めたご飯にグリーン・ピーズをかすかに散らしたかのように混ぜ、卵を薄く焼いたものであるという前提の薄い黄色な皮膜で、楕円形にくるむ、ということになる。このオムライスに、幼い僕は低い評価をあたえた。まずかったのだ。時代を思えばこれは当然だろう。いまは多少の進化をとげていると思いたい。

商店街にある中華料理店のウインドーの、ラーメン、餃子、炒飯などを写真に撮ることに、僕はこれまで気をとられすぎていた。そしてカレーライスの料理見本も、僕をおおいに誘惑した。だから餃子、ラーメン、カレーライス、炒飯、握り寿司などの見本を、僕は東京のさまざまな場所でたくさん写真に撮った。オムライスが目に入らなかったわけではないのだが、なぜかオムライスは撮らないままだった。

たいへんに暑かった二〇〇四年の夏、十条や赤羽《あかばね》、あるいは高円寺や阿佐ヶ谷などの商店街で写真を撮り歩きながら、僕はオムライスに目覚めた。なんとも言いがたい魅力のある被写体ではないか。僕はこれからはオムライスも撮る。

消滅に向けてゆるやかに歩み始めてすでにかなりの時間が経過しているかとも思うけれど、東京はまだ充分にオムライスの街だ。オムライスを求めて写真機とともに、東京の片隅を今日はここ、この次はあそこと、僕は訪ね歩く。見つけて写真に撮るだけではなく、ときどきは食べてもみる。一眼レフをテーブルに置き、僕はひとりでオムライスを食べる。スプーンは大きすぎないか。旗は立ててあるか。

出典・著者略歴

P7：目玉やきの目玉『不敵雑記 たしなみなし』集英社文庫より

佐藤愛子（さとうあいこ）１９２３～　小説家、エッセイスト

代表作に『戦いすんで日が暮れて』『血脈』『九十歳。何がめでたい』など

P10：卵の料理と私『貧乏サヴァラン』ちくま文庫より

森茉莉（もりまり）１９０３～１９８７　小説家、エッセイスト

代表作に『父の帽子』『贅沢貧乏』『甘い蜜の部屋』など

P15：究極の玉子焼き『夜となく昼となく』光村図書出版より

高橋克彦（たかはしかつひこ）１９４７～　小説家

代表作に『写楽殺人事件』『炎立つ』『火怨 北の燿星アテルイ』など

P19：卵情熱『今日もごちそうさまでした』新潮文庫より

角田光代（かくたみつよ）１９６７～　小説家

代表作に『幸福な遊戯』『対岸の彼女』『方舟を燃やす』など

P24：生卵をゴクリゴクリと『ウマし』中公文庫より

伊藤比呂美（いとうひろみ）１９５５～　詩人

代表作に『ハウス・プラント』『ラニーニャ』、詩集『とげ抜き 新巣鴨地蔵縁起』など

P27：ぼんやりした味『おとなの味』新潮文庫より
平松洋子（ひらまつようこ）1958〜　エッセイスト
代表作に『買えない味』『野蛮な読書』『父のビスコ』など

P32：デビルオムレツ『アガワ家の危ない食卓』新潮文庫より
阿川佐和子（あがわさわこ）1953〜　小説家、エッセイスト
代表作に『ウメ子』『婚約のあとで』『聞く力　心をひらく35のヒント』など

P42：春はふわふわ玉子のスフレから『東京の空の下オムレツのにおいは流れる』河出文庫より
石井好子（いしいよしこ）1922〜2010　シャンソン歌手、エッセイスト
代表作に『巴里の空の下オムレツのにおいは流れる』『私は私』『さよならは云わない』など

P55：卵と玉子とたまごの話『食物のある風景』徳間文庫より
池波志乃（いけなみしの）1955〜　俳優、エッセイスト
代表作に『いい女でいるのも肩がこる―新・女の甲斐性』『終活夫婦』（中尾彬との共著）など

P63：オムライス『食べちゃえ！　食べちゃお！』幻冬舎文庫より
野中柊（のなかひいらぎ）1964〜　小説家、児童文学作家
代表作に『ヨモギ・アイス』『猫をおくる』『本屋さんのルビねこ』シリーズなど

P68：卵焼きのサンドウィッチ『いつも食べたい！』ちくま文庫より
林望（はやしのぞむ）1949〜　国文学者、作家
代表作に『イギリスはおいしい』『帰らぬ日遠い昔』『謹訳源氏物語』など

P73：午前九時のタマゴ入り味噌汁『おなかがすいたハラペコだ。②おかわりもういっぱい』新日本出版社
椎名誠（しいなまこと）1944〜　小説家、エッセイスト
代表作に『犬の系譜』『アド・バード』『新宿遊牧民』など

P78：ポテトとタマゴ『日々これ好食』鎌倉書房より

田中小実昌（たなかこみまさ）１９２５～２０００　小説家、随筆家

代表作に『ポロポロ』『香具師の旅』『コミさんほのぼの路線バスの旅』など

P81：卵物語『食卓はいつもミステリー』新潮文庫より

阿刀田高（あとうだたかし）１９３５～　小説家

代表作に『ナポレオン狂』『新トロイア物語』『闇彦』など

P87：卵料理さまざま『食味風々録』新潮文庫より

阿川弘之（あがわひろゆき）１９２０～２０１５　小説家、評論家

代表作に『春の城』『山本五十六』『志賀直哉』など

P97：優雅なるカニ玉 威風堂々の黄金色に陶酔『小泉武夫の快食日記「食あれば楽あり」第六集』日本経済新聞出版社より

小泉武夫（こいずみたけお）１９４３～　農学者、エッセイスト、小説家

代表作に『酒の話』『くさいはうまい』『猟師の肉は腐らない』など

Ｐ１００：炒り卵『完本 檀流クッキング』（檀太郎・檀晴子との共著）集英社より

檀一雄（だんかずお）１９１２～１９７６　小説家

代表作に『リツ子・その愛』『真説石川五右衛門』『火宅の人』など

Ｐ１０５：コロンブスの瓢亭卵『男のだいどこ』文春文庫より

荻昌弘（おぎまさひろ）１９２５～１９８８　映画評論家

代表作に『映画百年史』『荻昌弘のシネマ・ライブラリー』『荻昌弘の映画批評真剣勝負：ぼくが映画に夢中になった日々』など

Ｐ１１２：気ぬけごはんより卵三題『気ぬけごはん』『気ぬけごはん2 東京のち神戸、ときどき旅』暮しの手帖社より

高山なおみ（たかやまなおみ）１９５８～　料理家、エッセイスト

代表作に『日々ごはん』『ロシア日記―シベリア鉄道に乗って』『料理＝高山なおみ』など

P118：オムレツを作ろう『村上ラヂオ3 サラダ好きのライオン』新潮文庫より

村上春樹（むらかみはるき）1949〜　小説家、翻訳家
代表作に『世界の終りとハードボイルド・ワンダーランド』『海辺のカフカ』『騎士団長殺し』など

P121：オムレツ修行『蝶ネクタイ先生の飲み食い談義』河出文庫より

高橋義孝（たかはしよしたか）1913〜1995　ドイツ文学者、評論家
代表作に『ナチスの文学』『森鷗外』『すこし枯れた話』など

P124：わがオムレツ『「あまカラ」抄1』冨山房百科文庫より

土岐雄三（ときゆうぞう）1907〜1989　小説家
代表作に『カミさんと私』『わが山本周五郎』『亭主の美学』など

P130：浅草のオムレツ『増田れい子自選エッセイ集II花豆のワルツ』鎌倉書房より

増田れい子（ますだれいこ）1929〜2012　ジャーナリスト、エッセイスト
代表作に『くらしのうた』『しあわせな食卓』『母住井すゑ』など

P135：夏の終り『ことばの食卓』ちくま文庫より

武田百合子（たけだゆりこ）1925〜1993　随筆家
代表作に『富士日記』『犬が星見たロシア旅行』『日日雑記』など

P142：浅草の親子丼「あまカラ」1955年10月刊より

源氏鶏太（げんじけいた）1912〜1985　小説家
代表作に『英語屋さん』『三等重役』『口紅と鏡』など

P148：御飯の真ん中にあける穴『私、丼ものの味方です』河出文庫より

村松友視（むらまつともみ）1940〜　小説家、エッセイスト
代表作に『私、プロレスの味方です—金曜午後八時の論理』『帝国ホテルの不思議』『大人の極意』など

P151：卵かけご飯の友（抄）『トマトの味噌汁食べ物大好きエッセイ』光文社文庫より
東理夫（ひがしみちお）1941～　小説家、エッセイスト、翻訳家
代表作に『スペンサーの料理』（馬場啓一との共著）『ガラクタをめぐる旅―アメリカン・ヒーローたちを追って』『アメリカは歌う。―歌に秘められた、アメリカの謎』など

P160：マドレーヌの体験『食卓の上の小さな渾沌』筑摩書房より
四方田犬彦（よもたいぬひこ）1953～　評論家
代表作に『月島物語』『映画史への招待』『詩の約束』など

P167：茹玉子『人の匂ひ』文藝春秋より
水野正夫（みずのまさお）1928～2014　服飾デザイナー
代表作に『もっと美的に暮らしたいやきものから箸まで日本の道具を使いこなす本』『伝えたい日本の美しいもの』『着るということ』など

P172：ゆでたまご『男どき女どき』新潮文庫より
向田邦子（むこうだくにこ）1929～1981　脚本家、小説家、エッセイスト
代表作に『父の詫び状』『思い出トランプ』『夜中の薔薇』など

P175：卵かけごはん『たったこれだけの家族　河野裕子エッセイ・コレクション』中央公論新社より
河野裕子（かわのゆうこ）1946～2010　歌人
代表作に歌集『ひるがほ』『母系』『蟬声』など

P178：お月さまと茶碗蒸し『舌の記憶』新潮文庫より
筒井ともみ（つついともみ）1948～　脚本家、エッセイスト
代表作に映画脚本「阿修羅のごとく」「ベロニカは死ぬことにした」、エッセイ集『おいしい庭』『もういちど、あなたと食べたい』など

P182：ゆで卵『粗餐礼讃 私の「戦後」食卓日記』芸術新聞社より
窪島誠一郎（くぼしませいいちろう）1941～　小説家、

「KAITA EPITAPH 残照館」「無言館」館主
代表作に『父への手紙』『「無言館」ものがたり』『最期の絵 絶筆をめぐる旅』など

P185：卵をめぐる話『吉本隆明全集27 一九九二―一九九四』晶文社より
吉本隆明（よしもとたかあき）1924〜2012 評論家
代表作に『共同幻想論』『最後の親鸞』『貧困と思想』など

P189：ゆでたまご『雑談 衣食住』講談社より
永井龍男（ながいたつお）1904〜1990 小説家、随筆家
代表作に『朝霧』『一個その他』『コチャバンバ行き』など

P191：北の湖『食卓のつぶやき』中公文庫より
池波正太郎（いけなみしょうたろう）1923〜1990 小説家
代表作に『鬼平犯科帳』『仕掛人・藤枝梅安』シリーズ、『真田太平記』など

P197：東京オムライスめぐり『白いプラスティックのフォーク〜食は自分を作ったか』日本放送出版協会より
片岡義男（かたおかよしお）1939〜 小説家、エッセイスト
代表作に『スローなブギにしてくれ』『ボビーに首ったけ』『珈琲が呼ぶ』など

写真：
川島小鳥（かわしまことり）1980〜 写真家
代表作に写真集『BABY BABY』『未来ちゃん』『明星』『vocalise』など

装幀・組版　佐々木暁
撮影協力　山田奈美、早田渦芽、春日大地
校閲　泉敏子
選者　杉田淳子（go passion）

〔編集部より〕
本書は、著者による改稿、ルビ、一部の旧仮名遣いを除いて、底本に忠実に収録しました。

アンソロジーたまご

２０２５年３月17日　初版第一刷発行

編集人　足立昭子
発行人　殿塚郁夫
発行所　株式会社主婦と生活社
〒１０４－８３５７　東京都中央区京橋３－５－７
☎０３－３５６３－５３２１（編集部）
☎０３－３５６３－５１２１（販売部）
☎０３－３５６３－５１２５（生産部）
https://www.shufu.co.jp
ryourinohon@mb.shufu.co.jp
印刷所　ＴＯＰＰＡＮクロレ株式会社
製本所　株式会社若林製本工場
ISBN978-4-391-16367-4
Printed in Japan